マドンナメイト文庫

青春R18きっぷ 大人の冬休み 女体めぐりの旅

津村しおり

目次

contents

青春R18きっぷ　大人の冬休み　女体めぐりの旅

第一章　フェリーの一夜

1

「あ、母さん？　俺。フェリーに乗ったよ……大丈夫だって、美結子《みゆこ》の結婚式には間に合うように行くから……恋人はいないって前も話したろ。いまどき、三十で独身なんて普通なんだから。美結子みたいに一目惚れして運命の出会いなんて、そうそうあるわけないだろ。うん、わかった。気をつけていくから。それじゃ現地で」

佐田啓太《さだけいた》はスマートフォンをコートのポケットに入れて、デッキに出た。

「さむっ」

風が頬を撫でる。

もう日は落ち、夜空は紺色に包まれていた。

今年も、あと二週間ほどで終わりだ。年の瀬の海風は肌を刺すように冷たい。

啓太は片手に赤ワインのボトルを持っていた。

(勢いでボトルワインを買っちゃったけど……飲みきれるかな)

初めての船旅を楽しもうと、いろいろ買い込んでしまった。

(いやいや、自分の門出《かどで》を祝う旅だ。これくらい、いいだろう)

啓太は、来年の仕事始めから新しい会社に出社する。転職したのだ。

いまは、年内で退職予定の会社にたまっていた有給休暇の消化期間だ。それで、長めの冬休みになっていた。そこで啓太は船と電車を使っての四国・九州旅行を思いついたのだ。

旅のゴールは長崎のテーマパーク。クリスマス前に、そこで従妹《いとこ》が挙式するのだ。

(阿久津《あくつ》君と会っていなかったら、旅に出ようなんて思わなかったろうな)

徳島へ向けて有明《ありあけ》ターミナルを出港したオーシャン東九《とうきゅう》フェリーは、東京港ゲートブリッジの真下を通った。旅の始まりに、気分が高揚する。

ライトアップされた橋が夜空に浮かび上がっていた。

日中に見たら何の変哲もない橋でも、光り輝いていると鮮やかで心が躍る。

周囲では橋を背に記念写真を撮っているカップルやグループがいた。

一人旅の啓太は橋に向けてスマートフォンを構え、左手を伸ばす。

そして、ワインボトルが映るようにシャッターを押した。

――東京港ゲートブリッジとワイン。旅の始まりって感じだろ。

そうテキストを入れて写真とともに阿久津にＬＩＮＥした。

すぐにスマートフォンが震えた。返信が早い。

――いよいよですね。明日の乗車レポ楽しみにしてます！　それと、僕が渡したキーホルダーを旅のお供ですか！　うれしいな！

ワインボトルのリボンには、阿久津からもらった『幸福きっぷ』キーホルダーをつけていた。阿久津に見せるために、さっきボストンバッグのファスナーから外して、リボンにつけたのだ。

『幸福きっぷ』をくれた男――阿久津はいわゆる乗り鉄という鉄道ファンだ。

阿久津がくれた『幸福きっぷ』は昭和の頃に流行ったものだという。当時のきっぷは、行き先の駅名が印刷されていた。北海道には幸福《こうふく》という駅があり、そこへ行く切符は「幸福ゆき」と印刷される。「幸福ゆき」の切符がテレビで取り上げられてから、幸福駅は観光名所となり、切符は縁起もののお土産として名物となった。廃駅となった今でも切符は土産として人気で、通販もされているそうだ。

阿久津は大学生、啓太は三十才の会社員なので接点はなかったのだが、ひょんなことから二人は友達になった。

入院中、同室だったのだ。

啓太は足を骨折したため入院していた。骨折の原因は不注意による駅の階段からの転落。その事故があった日、啓太は大きなプレゼンを控えて徹夜だった。しかも上司からのパワハラで疲労、寝不足、栄養失調――事故が起こる要素はそろっていた。

啓太は、不運体質と言おうか――死なない程度のトラブルによく巻き込まれる。

交通事故は二度。一度目は歩道に車が突っ込んできた。二度目は居眠り運転の車に追突された。

中学生の時はたまたま乗っていたジェットコースターが止まって二時間も高所で救助を待つ羽目となり、ニュースで中継された。高校時代に彼女ができて浮かれていたら、カルト宗教への勧誘が目的だった。このときは母が介入して事なきを得た。

新卒で採用された会社にはパワハラ上司と先輩がいて、しかも給料が安かった。

駅の階段から転げ落ち、右足のつま先がありえない方向に曲がっていた。啓太は救急車で病院に運ばれ、医師から一カ月の入院を言い渡された。

右足の手術後、足を牽引していたので、啓太はベッドの上で仰向けにしかなれない。啓太は四人部屋の入り口から入って右の窓側のベッドで、窓の外を眺めるか、スマホを見るかして過ごしていた。

それに飽きた頃、啓太の隣のベッドに入院してきたのが阿久津だった。

阿久津が何科の患者か判明したのは、夕食後の回診時だ。

部屋に白衣をまとった女性医師がやってきた。

分厚いレンズのついたメタルフレームの眼鏡をかけ、髪はひっつめでノーメイクにマスク。医師はあまり身なりに気をつかわないタイプのようだった。

「阿久津さん、調子はどうですか」

「頑張ります……旅のためにも……」

回診が終わり、医師が出ていくと、阿久津が大きなため息をついた。

「痔《じ》がこんなに大変だなんて……はあああ。しかも恥ずかしい……」

それで患者たちは阿久津の嘆きの理由がわかった。阿久津は大学生くらいだ。

その若さで痔を手術するのはいろんな意味でつらかろう。

「何もなければ、いまは旅行中だったのに」

「いきなり入院って困りますよね」

啓太がつぶやくと、阿久津が顔を上げた。

「そうですよ。いまは春の青春十八きっぷのシーズンで、僕は乗りまくろうと思っていたんですよ。それがお尻が痛くてそうもいかないなんて……やるせないですよ」

阿久津が旅への思いを熱く語り始めた。パワハラと仕事一色の生活を送っていた啓太にとって、阿久津の話は新鮮だった。

二人が打ち解けた頃、阿久津は退院した。そのとき、啓太に渡したのが『幸福きっぷ』のキーホルダーだ。阿久津は、このキーホルダーはすごく御利益《ごりやく》があって、渡した相手はみんな運がよくなったって喜んでますと言っていた。

（無邪気にそう信じているところが、阿久津君のいいところだよな。でも実際、これをもらってから運が来たような気もする。転職もうまくいったし）

入院しても、啓太はいい社員であろうとした。

早期復帰のために退院を前倒し、リハビリと並行して業務に当たったった。だが、会社ではそれが当然といった雰囲気で、啓太へのねぎらいの言葉もない。

むなしさが募っていった。この生活は続けられない、とも思った。

そんなとき、阿久津からメールが来た。夏休みを利用して、乗り鉄旅で山陰地方をめぐっていると車窓の風景を送ってきたのだ。

その画像を見た啓太は、こんな風に旅をして人生を楽しみたいと思った。

杖《つえ》なしで歩けるようになった頃、啓太は転職活動して、条件のいい転職先を決めた。

(新しい生活が始まる。そのスタートを切る旅だ)

期待に胸を膨らませながら夜空を見上げていると、

「すみません」

と、声をかけられ、啓太は振り向いた。

ベージュのコートを着た女性がいた。デッキのライトに照らされた相貌は整っており、顔のラインは理想的な卵形を描いている。髪の長さは鎖骨の下ほどで、毛先は軽くカールがついていた。

(すごくきれいな人だ……)

年の頃は啓太より少し若い——二十代半ばくらいだろうか。

寒いのか、ストールをふんわりと頭に巻いている。

子どもの頃、母が寒い日にマフラーをそんな風に巻いていたのを見たことがある。

真知子《まちこ》巻き、と母が言っていたような気がする。

「もしよければ、写真をお願いできますか。でも、ワインがあると難しいですよね」

女性は声をかけてから、啓太が持っているボトルに気づいたようだ。

「だ、大丈夫ですよ。撮れます」

緊張で声が裏返ってしまった。

「驚かせてしまって、ごめんなさい」

女性の意志の強そうな大きな瞳とふくよかな唇が目を引いた。

清楚な雰囲気のコートを羽織っていて、コートの下には白いニットのワンピースに足首までの長さのブーツを履いている。スカートの裾はふわっと広がっており、風を受けて揺れていた。スカートの裾とブーツの間から形のよいふくらはぎがチラリとのぞいている。

ライトアップされたブリッジの全景を見渡せる所までフェリーは進んでいた。

橋と夜空と女性がバランスよく映るような位置に啓太は移動して、シャッターを押す。スマホを返すと、画面を見て女性は微笑んだ。

「よく撮れてます。ありがとうございます」

潮風で髪が乱れるのか、女性が髪を押さえると、甘い香りが広がった。肌は陶器のようになめらかで、きれいに整えられた指先は品よく揃えられている。

啓太の心臓が高鳴った。

「あの……ワインお好きですか。よければ、一杯飲みませんか」

女性が顔を上げた。少し驚いているようだ。

啓太は言った瞬間に後悔していた。

いままで、女性に声をかけたことなどない。旅の高揚感が啓太に普段と違う行動をとらせたようだ。大失敗だ。啓太とこの女性ではどう考えても釣合がとれない。

女性は少し警戒した様子で啓太を見ていた。

「初めてのフェリー旅でテンションが上がっちゃって、乗船前にワインを買ったんです。だけど俺はあまり酒が強くないから……だからその、余らせてしまいそうで」

「ワイン……どこのですか？」

ラベルに書いてあった銘柄を答えると、女性が目を輝かせた。

「私、それ好きです。いいですね、飲みましょう！」

ピンクベージュのリップを塗った唇がほころぶ。

まさか同意を得られると思わなかったので、啓太は面食らっていた。

「あ、そうだ」

女性の次の言葉で、啓太はさらに驚いた。

「どうせなら、私の部屋に来ませんか？」

2

(まさか、部屋飲みを提案されるなんて……)

慣れないからか、予想以上の展開に喜びよりも怯《おび》えの方が大きい。

慣れていないのはもちろん、モテないからだ。彼女はいたことがあるが、遙《はる》か昔で大学生までさかのぼる。それ以来、彼女はいない。

(運命の出会い……いやいや、考えるな。何かよくないことがおこるかもしれないんだから)

己の不運体質を思い出し、啓太は気を引き締めた。

啓太の部屋は進行方向の陸側、女性の部屋は海側の部屋だ。

深呼吸してからノックすると、鍵が外れる音とともに、ドアが開いた。

「どうぞ、待っていました」

女性の部屋は三人まで使える部屋で、壁の片方に壁かけ式の折りたたみベッドが二段備え付けてある。使わないときは上にあげておく仕様だ。小さな冷蔵庫やテレビやテーブルといった備品は啓太の部屋と同じだった。

「じゃ、失礼します」

女性はコートを脱ぎ、白のワンピース姿になっている。ニットなので身体のラインがわかる。乳房は大きく、ウエストは締まっている。美しいカーブの持ち主だ。

啓太はあまり彼女を見ないようにしていた。

（きれいでスタイルもいい……）

モロに見たら心臓が高鳴り、顔が赤くなってしまいそうだ。

「私も今日は飲むつもりだったんですよ」

部屋の中央に、テーブルが出してあった。その上に、ロビーの自動販売機で販売中のおつまみや、ジュース、チューハイが置いてある。

「ここのフェリー、レストランがないから、かわりに自販機が充実してるでしょう。だから、普段食べないようなものを買っちゃいました」

燻製《くんせい》卵に、九州名物の焼き鳥。たしかに自販機で売っているにしては珍しい品だ。

「俺もおつまみを持ってきたんです」

フェリーふ頭に来る前に、高級スーパーに立ち寄り、ワインとともにチーズやパテ、パンを手に入れていた。慣れないので、ワインもつまみも店員のおすすめ品だ。

紙袋から中身を出すと、女性が声をあげた。

「バゲットにレバーパテに、チーズ……最高ですね」

お酒が好きなのか、女性が顔をほころばせる。

「そうだ。自己紹介、まだでしたね。俺は佐田啓太です」

「私は岸谷恵《きしたにめぐみ》です」

店員がワインを開ける道具一式と、プラスチック製のグラスを勧めてくれたことに啓太は感謝した。しかし、開け方がわからない。まごついている啓太を見て、恵が手を差し出した。手慣れた感じでコルクを抜く。

ポン、と音を立ててコルクが抜けると、恵はそれを嗅いだ。

「いい香り……」

ワインの楽しみ方を知っている様子の恵からは、知的な色気が漂っていた。

「旅に乾杯しましょうか」

恵がグラスをかかげた。啓太もそれにならう。

「乾杯」

二人の声が重なる。

「うん、美味しい」

一口飲んだ恵が満足そうに言った。そして、またすぐ口に運ぶ。

相当いける口のようだ。

「フェリーでおいしいワインが飲めるなんて、ついてる。自販機でおつまみもお酒も買えるけど、この手のワインはないので、うれしいです」

「岸谷さんはワインお好きなんですね」

「ビールよりは、こっちかな」

恵が首をかしげて微笑んだ。

つまみも美味しかった。店員が勧めてくれたパテをバゲットにつけて食べる。赤ワインの濃厚な味と相性がいい。

「思い切って旅に出てよかった。いい思い出になります」

「じゃあ……もっといい思い出をつくりませんか」

恵が啓太の目をのぞきこんでいる。

「えっ。もっと……というと……」

恵が四《よ》つん這《ば》いで啓太に近づき、囁《ささや》いた。

「エッチな思い出」

その言葉に、ぐわん、と頭が揺れた。

「えっと……エッチ、ですか」

恵がすぐそばに顔を寄せていた。自分の頬が染まるのを感じる。サウナでのぼせたように顔は真っ赤なはずだ。

恵の唇が開いた。

「旅の思い出は風景やグルメ……それにエッチでしょ」

「エ、エッチが思い出になるんですか。そ、それは考えたことなかったです」

「あら、てっきりそうだと思ってた。だってあなた初対面の女性を誘うんだもの」

恵が乳房が押し当ててきた。ふくよかで柔らかな感触が腕に当たる。髪から漂う甘い香りが、唇から放たれるアルコールが、本能を解き放てと啓太に囁いていた。

「嫌なら、飲み会だけにしましょうか」

恵の言葉が耳朶《みみたぶ》をくすぐる。乳房の谷間に、啓太の右肩が挟まれていた。体は恵の誘いにのった。陰茎に血が流れ、チノパンの前が隆起する。

「嫌じゃないです……恵さんこそ、初対面の男は怖くないんですか」

「危ない相手なら誘わない。その辺の見極めは自信があるの。旅先だといつもより自由になるから、気になる相手がいたらナンパしちゃう。それとも、二十八の女は嫌かしら？」

「まさか、嫌じゃないです！」

「旅のエッチは一期一会だから楽しめるでしょ。連絡先の交換はなし。それでよければ、しましょ？」

恵の人差し指がテントを張ったチノパンの頂点で円を描く。力をあまり入れていないので、優しい振動が陰茎を刺激していた。

「ああ……いい……」

自然と手が恵の胸へと伸びた。たわわなバストを手のひらで下から揉み上げると、指先にしこった乳首が当たる。

啓太が指でそこをくすぐった途端、恵が甘い息を放った。

「行きずりのエッチって気楽で好きなの」

恵が啓太のベルトを外し、ファスナーとパンツを下ろした。

いきりたった肉茎がまろび出る。

己の分身に恵の視線が注がれているのを見て、啓太は手で隠そうとした。

「たくましくて素敵……美味しそう」

恵が立ち上がり、啓太に妖艶《ようえん》な視線を送る。そして、ニットスカートの裾をまくってタイツとショーツを脱いだ。カーペットに、白のレースショーツと、光沢を放つストッキングが落ちた。

（もう濡れてる……）

ショーツについた芳香と、愛液のきらめきが女体の興奮を伝えていた。

恵が啓太の肉茎を白い手で扱《しご》く。ぬめりをよくするために、口に涎《よだれ》をためて陰茎に垂らしていく。

（普段は何の仕事してるんだろ……すっごくエロいし上手い）

ジュルッ、と淫らな音を立てて恵の手が上下する。

尿道口から溢《あふ》れた先走り汁も唾液と混ざり合い、さらに粘度のある音になった。

ジュッジュルッという音が激しさを増すと、陰茎を走る快感も大きくなっていた。

「腰が、跳ねる、う、うおっ」

「久しぶりのエッチ？」

「はい……」

（誰かとするのってこんなに気持ちよかったんだ……忘れてたな）

ぬくもり、肌の匂い、興奮の吐息——それらは一人で味わえない。

「俺のは大きくないし、エッチもあまり自信ないけど、頑張ります」

旅先で行きずりの情交を楽しむような恵からすると、啓介は物足りない相手ではなかろうか。啓太は失望される前に、言っておこうと思った。

「いい人ね、啓太さんって。素敵よ。エッチに自信のある人が上手いとは限らないもの。自信がある人はハズレが多いかな。指を乱暴に動かすし」

経験豊富ゆえのハズレ体験談は実感がこもっていた。

「大丈夫、私に任せて。一緒に気持ちよくなりましょ」

恵が、リズムよく手を上下させる。快感のため、陰茎はみるみる反り返っていった。幹に青筋が浮き上がり、たくましい姿に変化する。

「矢印みたいに亀頭が膨らんでて、エッチな形。ねえ、いただいて……いい？」

手淫の手つきはいやらしいのに、言葉づかいは上品だ。そのギャップが男心をくすぐる。断る理由はなく――啓太はうなずいた。

ピンクベージュの唇に赤黒い肉棒が呑み込まれていく。すぼめた唇が陰茎を下りるとともに、輪にした指が根元を刺激しながら上下する。

「恵さん、いいですっ、ああ、おお……」

快感がどっと押し寄せる。

唇だけでも十分気持ちいいのに、恵は根元を指で締めてきた。リズミカルな刺激を受けるたび、先走り液が尿道口から噴き出す。

「はふ……お口に啓太さんのお汁がたまっちゃう」

恵が顔を上げて舌を突き出した。舌先を濡らしているのは先走りだ。

啓太がそれを見たのを確認して、舌を元に戻し体液を嚥下《えんか》する。

(見せつけてる……なんていやらしいんだ)

啓太は胸の昂《たかぶ》りをおさえられない。

「んん……むふっ、ちゅ、ちゅる……んふうっ」

恵は、整った鼻から感じ入った息を漏らしながら肉棒を吸っていた。舌と唇から漏れる音の艶めかしさ、絶妙なテクニックのフェラチオで、啓太の腰がバウンドする。

「うふ。かわいい。腰を動かしちゃって」

「気持ちよくって、勝手に動いちゃうんです」

出会ってすぐの女性に身を任せるなんて、トラブルの元だ。そう思って、いつもならこの誘いを断っていただろう。トラブルに遭わないように、殻に閉じこもるような生活を送ることが、自分を守ることに繋《つな》がっていた。だが、その殻が破けていく。安全な場所から普段は出ない自分が、恵に誘われ飛び出ようとしている。

「素直な人は好きよ……」

恵が頭を上下させるピッチを上げてくる。もちろん、裏筋に押し当てられた舌はそのままだ。舌と唇を駆使した愛撫は圧倒的だった。

「恵さん、ああ、俺もう……」

「だーめ。まだ始めたばかりなんだから、が、ま、ん」

ちゅっ、と音を立てて恵が唇を外した。輪にした指でペニスの根元を持ったまま、ペニスへの愛撫はせずに腰や陰茎の付け根にキスを落としていく。

くすぐったさともどかしさが、股間からさざ波のように広がる。淫熱に浮かされた啓太は受け身ではいられなくなっていた。

「そっちがそのつもりなら、こっちも行きますよ」

啓太は恵を仰向《あおむ》けに横たえると、顔を近づけた。

「キスしていいですか」

「フェラしたばかりのお口でいいならね」

恵が艶然と微笑む。

「もちろん」

舌と舌が先に触れ合い、それから唇が重なる。

くちゅ……ちゅ……と音を立てて、唾液を絡ませる濃厚なキス。ほのかに残るワインの苦みが大人のキスにいいアレンジを利かせていた。

「おいひい……」

恵が蕩《とろ》けた声を出した。啓太は唇を離して、グラスからワインを口に入れる。そして、そのまままたキスを繰り返す。何度も口移しでワインを飲ませているうちに、酔いと欲情で啓太の頭も熱くなってくる。

「恵さんのアソコはどうなってるんです」

啓太は、スカートの裾をまくりあげ、太股《ふともも》に指を這わせる。

肌はなめらかで、吸い付くようだ。指を上へと動かしていくと――指先にとろっとした蜜液がついた。それを指先ですくってから、啓太はスカートから手を引き抜いた。

「びしょびしょですね。まだ俺が触ってないのに、こんなに濡れて」

「当然でしょ。いいワインに……美味しいオチ×ポを味わってるんだもの」

黒目がちな瞳を潤ませた恵が、啓太を見つめている。

一見清楚なだけに、淫らな言葉を放たれるとギャップで胸がかきたてられた。

「ふふ……肉食系の女は怖い？」

「少し」

いままで出会ったことのないタイプだ。怖さもある。

しかし、それ以上に淫らな期待の方が大きくなっていた。

啓太の指が恵の股間に近づくほど、愛液の量は増えてきて、内股はしとどに濡れていた。

指が陰毛に触れたが、啓太はそのまま奥へとすすめて指を縦筋に押し当てる。

「あんっ」

恵の双臀《そうでん》が震える。すぐに指が挿入できそうなほど、淫裂はほぐれていた。しかし啓太はそっと撫でるだけで、指を肉壺に入れない。

「ん、いい、いいのっ、欲しいっ」

恵が腰を前後させ、快感を求めてきた。

先ほどまでは余裕たっぷりだった恵が、口を半開きにし、眉《まゆ》をひそめている。快楽で変化していく姿が、啓太の本能を刺激した。

「啓太さん、お願い……我慢できないっ」

恵はしきりに肉棒を扱いて、啓太を煽《あお》ってくる。

だが、啓太は軽いタッチにとどめていた。恵は、自分から誘うのだから性欲は強そうだ——だから、焦らされることに弱い気がした。

「ねえ、中を指でかきまぜて……熱くてとろとろになってるの」

腰を悩ましげに振りながら、恵が囁く。

燃え上がる淫熱をもてあましているようだ。

愛撫を求めて恵の太股が開き、蜜汁で濡れた肌を啓太に見せつけている。

「恵さんは本当に肉食なんですね」

「そう、そうなの、だから……」

恵が啓太に唇を寄せると、二人の舌が深く絡み合う。

音を立てたキスでも物足りないのか、恵が陰茎を扱くピッチが上がっていた。啓太のペニスも、欲求ではちきれんばかりになっている。

「だから、入れてほしいの……欲しくてしょうがないの……」

恵が切れぎれの声で訴えた。

蠱惑《こわく》的な吐息が啓太の耳をくすぐり、本能を揺さぶる。

恵を焦らしながら、啓太も焦れていた。ペニスが女体を求めてヒクついている。

「ああん、すごい、ひくひくしてるっ……我慢できないっ」

恵がスカートをまくって、長い足を大きく開いた。

啓太も呼吸を合わせて股間を突き出すと、ペニスの先端に淫裂が当たった。

ニュチュッ……。

ペニスと陰唇のいやらしいキスの音が、室内に響く。

「そんなに欲しいなら、ぶち込んであげますね」

恵がうなずきかけたところで、啓太は一気に奥まで突いた。

「ひうっ」

恵が喉を晒《さら》してのけぞる。お預けのあとの不意打ちは、肉食系の恵にも利いたようだ。啓太は腰をせりだして、ペニスを膣の奥へグリグリ押し当てた。

コリッとしたものが亀頭に当たった。

「あう……はうっ……奥に当たるのぉっ」

整った相貌を紅《あか》く染め、恵は悩ましげに呻いた。

「何が当たってるんです」

恵の額には快楽の汗が浮き、息は熱く荒い。

「し、子宮口に、オチ×ポが……啓太さん、いきなり深く突きすぎぃっ」

そう言うだけで精一杯のようだ。

「子宮口って気持ちいいんですか」

百戦錬磨の恵を前に、知ったかぶりしても無駄だろう。

だから、啓太は素直に聞いた。

「神経がないから、し、子宮口自体は感じないの……でも、そこに当たると子宮が揺れて気持ちよく……は、はぁんっ」

恵はさらに快感を得るためにか、腰をグラインドさせている。

先端を子宮口でくすぐられた啓太のペニスは、またも先走り汁を吐き出した。

「俺もいい……恵さんのが先っぽに当たって」

興奮でのぼせてしまいそうだ。初体験の時より、頭に血が昇りクラクラする。

初めての船旅、初めての逆ナンパ、そして初めての肉食系美女とのセックス。

そういえば、服を着たままセックスするのも初めてだ。

「もう、このまま動きますよ」

恵が啓太の首に手を回して、こくりとうなずいた。

眉間《みけん》を切なげにゆがめながらも、口元は花開くように微笑んでいる。

啓太は腰を強く繰り出した。

「あふうっ」

子宮口を突いて、さらに揺さぶりをかける。

そのまま、軽い抜き差しを繰り返した。ペニスを数センチ前後させるだけでも、切っ先が子宮口に当たる。そのたびに、甘美で淫らな熱が啓太の背筋を駆け抜けた。

(すごい。このコリコリ……気持ちよくて、体が止まらない)

啓太は恵の腰を抱えて、欲求のまま律動しはじめた。

パチュパチュパンパンッ！

愛液と腰がぶつかる音が派手に鳴った。

蜜肉は子宮口を揺すぶられるたびに蠢動《しゅんどう》し、ペニスを締め付けてくる。

「あんっ、これ、これなのっ。いっぱい突いてっ」

恵が啓太の唇を熱烈に吸ってくる。

激しく求められる喜びと、快感への欲求で腰の振幅が大きくなる。

恵の体を床に押しつけながら、女体の奥深くをペニスで連打した。

「はぅっ、強い、いいの、オチ×ポ好きなのっ」

知的な雰囲気の恵が淫語を口にすると、やたら淫らに聞こえる。

言葉と蜜肉のうねりで煽られ、啓太も本能のままにペニスで突く。

白臀がバウンドするほどのピストンを放つと、恵が体を官能的にくねらせる。

「中で啓太さんのがまた大きくなってるっ、あんっ、んっ」

恵が唇を震わせながら訴える。

啓太がつかんでいる恵の細腰も快感でヒクついていた。

肉壺の締め付けで射精欲がこみあげ、啓太の額から忍耐の汗が滴る。

「来て、もっと来てっ」

恵の誘いを受けて、啓太は勢いよく突いてから引いた。

引き抜く力が強すぎたせいで、つるっという音とともに淫裂からペニスが外れる。

先走りと本気汁をまとった男根が、恵のぽっかり開いた蜜穴の前で揺れていた。

「はぁ……はぁっ……元気すぎて抜けちゃったのね。だったら……」

恵が啓太を押し倒す。そして股間にまたがるとM字開脚して、股間を見せつけた。

部屋の灯りに照らされた恵の秘所はきれいな珊瑚《さんご》色をしていた。

ぐっしょり濡れて色が濃くなり、淫唇は所々紅色へと変わっている。

「あん……アソコから本気汁が出てきちゃった……」

花びらを重ね合わせたような淫裂の中央から、白い滴りが流れ、薄茶色のすぼまりを通って啓太のペニスへ落ちてくる。

「おうっ……」

先端に恵の本気汁がかかっただけで、照りのついたペニスはひくりと跳ねた。

ほんの少しの刺激に反応するくらい、敏感になっている。

熱い蜜肉を求めて、亀頭がヒクついていた。

「かわいい。お汁がついただけで、オチ×チンがぴくぴくしてる」

恵は妖艶に微笑み、肉棒の根元をつかんだ。そして、腰をゆっくり下ろしていく。

ズブ……ズブブブブ……。

灯りをつけたままなので、肉棒が淫裂に収まっていく様子を目の当たりにできた。

「恵さん……すっごくエロい」

興奮のために、啓太の声はかすれていた。

コンドームもなしで生でやるのも、女性上位で結合するさまを見せつけながら繋がるのも、すべて初めてだ。そのせいで、啓太は息を忘れそうなほど興奮している。

「こんなに淫乱な女は初めて？」

恵が舌で上唇を舐めながら尋ねた。

淫猥《いんわい》な表情なのに——相貌には知的さが漂う。

だからこそ、いやらしい。

「は、初めてです」

「嫌い？」

「いえ、好きです……とても……好きです」

相貌だけでなく、取り繕わない堂々とした淫らさに、啓太は惹《ひ》かれていた。

「ふふ。私も硬いオチ×チンの人、大好き」

淫裂が二つに割れ、赤黒い陰茎を呑み込んでいく。内奥から溢れた本気汁が雫《しずく》となって肉棒を伝い、啓太の黒い茂みを白く染めていた。

クチュ……という音とともに、啓太のペニスが肉壺に収まった。

「ふぅんっ……いいっ……反りもすごくて、最高……」

恵が腰を前後させはじめた。

クチュ、チュ……。

リズミカルで湿った音が、船室に響く。

ペニスの裏筋側が刺激され、啓太は呻いた。

「うお……そこ、たまらないです……おおっ……」

声が出る。先走りも止まらない。

初めてのことだらけで興奮したせいか、体中が性感帯になったようだ。

「かわいい。悶《もだ》えちゃって」

汗みずくになった啓太を見下ろしながら、恵はM字に開いたまま腰をグラインドさせた。視線を恵に向ければ性器の結合部が見える。ぞくりとした。

「啓太さんったら、口が半開きよ。うれしいわ、私のオマ×コで感じてくれて」

恵が、汗で濡れた啓太の額を人差し指で撫でてから、指先を口に含んだ。

淫裂でペニスを咥《くわ》えながら、啓太の汗のついた指をフェラチオするように唇をすぼませて吸っている。

「そんなに煽らないでくださいよ……俺、もう我慢できないっ」

啓太は恵の乳房に手を伸ばした。

ニットワンピースの上からお椀形の乳房を両手で包んでせわしなく揉む。

そうしながら、腰を突き上げた。

「あふっ……来るっ。そこはだめぇ！」

恵が慌てていた。啓太も射精欲の高まりを抑えられない。

「俺、イキそうなんですよ、いっしょにイキましょうよ」

啓太が恵の胸を優しく揉みながら、腰のバウンドを続ける。

ヌチュ、パンパンパンパンパンッ！

肉欲のラッシュを浴びて、膣肉の収縮がキツくなってきた。

「ああ、私もイキそう……イク、イク……んああ、ああんっ」

恵が弓なりになっていく。

肉棒に食いつく女壺のマン力《りき》は強くなっていた。それに抗いながらペニスを抜き差しさせるのは、至難の業だ。あまりに快感が強すぎる。

「やん、もうイクッ、イクッ」

白いワンピースの背をのけぞらせながら、恵が痙攣《けいれん》していた。

「出ます、中で……それとも……」

「お口に欲しいのっ、イ、イクううっ」

恵が床の上に倒れた。その拍子に陰茎が抜ける。

啓太は根元を持ってペニスを恵の口に寄せると——欲望を解き放つ。

清楚さ漂う恵の顔に、唇に収まりきらなかった樹液が降りかかった。

3

啓太はフェリーの浴室にいた。客は啓太一人だ。

東九フェリーの男子浴室は荒天時以外、二十四時間使える。

いま太平洋を航行中だが、揺れはさほどない。

揺れが強いときは浴槽の湯が溢れだし、半分ほどに減ると阿久津は教えてくれたが、今日の穏やかな波ではそういうことにはならなさそうだ。

浴槽につかっていると、船の揺れに合わせて波ができる。人によっては、この波が気持ち悪いと思うのかもしれないが、愛欲で疲れた体にはいいマッサージに感じられた。

浴槽側にある大きな窓から景色が見えるはずだが——夜なので外は真っ暗だ。かわりに、窓には呆《ほう》けたような啓太の顔が映っていた。

(デッキで声をかけたら、あんなことになるなんて)

ワインを一緒に飲まないかと誘ったら——相手が肉食系でワインを飲んですぐセックスしたなんて、誰に話しても信じてもらえないだろう。

そもそも、啓太自身もいまだに夢ではないかと思っている。

一戦のあと、人心地ついたところで、二人はそれぞれ浴場に入った。

風呂から上がったら、フォワードロビーで会う予定だ。

フォワードロビーは船首にあり、前方の景色が楽しめる。啓太は乗船後、客室フロアを探検していたときに、船内案合図をチェックしていた。

夜、フォワードロビーは窓からの光が操舵室の邪魔にならないようにカーテンが閉められているが、朝が来れば水平線が紅く染まる景色を見られるはずだ。

(朝……起きられるか不安だ。あんなハードなことしたから疲れてるし)

本当は、このまま眠ってしまいたい。

その誘惑に抗い、風呂を出た啓太はスウェットに着替えた。

それからフォワードロビーへ向かう。

「さっぱりしたみたいね」

先に風呂から上がり、ソファに座っていた恵が声をかけてきた。

フォワードロビーは、展望用の窓のすぐ下に椅子があるスペースと、壁を背にして窓を眺める位置にソファが置いてあるスペースの二つで構成されている。

いま、展望用の窓のカーテンは閉められていた。

「朝の眺めが楽しみですね」

「いい景色が見られそう。ねえ、徳島についたら、啓太さんはどうするの」

「それからは鉄道旅です。恵さんは」

「私は四国ドライブ旅。じゃあ、栈橋《さんばし》でお別れね」

着ているのは、先ほど着ていたニットワンピースではなく、光沢ある生地でできたベージュのガウン風ワンピースだ。着物のように前で閉じて、ベルトがわりの腰紐ではだけないようになっているものだった。

こちらも上品ながらほのかな色気が漂う洋服だ。

恵がペットボトルのミネラルウオーターを飲んでから、こう言った。

「あら、飲み物は？」

「忘れてました。のぼせちゃったみたいで」

風呂の中でも風呂から上がってからも、恵との濃厚なセックスを何度も反芻《はんすう》していた。そのために、湯上がりの飲みものを買い忘れたのだ。

「何にのぼせたのかしら」

恵が意味深に微笑む。啓太の頰が熱くなった。

「じゃあ、これを飲む？」

ミネラルウオーターを差し出す。啓太が手を伸ばすと、恵が手を引いた。

そのまま啓太の目の前で、ミネラルウオーターを口に含む。

それから、啓太をじっと見つめた。

「いや、まさかここで……人が来たら」

恵はボトルのキャップをしっかり閉めてから、背中側に隠した。

風呂から出たときは渇きを忘れていたが、目の前でミネラルウオーターを見ると、急に喉が渇いてくる。

「恵さん、ダメですよ」

ボトルをとろうと覆《おお》い被さると、恵は啓太の顔を白い手で挟んで、口づけてきた。

ミネラルウオーターが恵の口内から流れてくる。啓太は、喉を鳴らして飲んだ。

いままで飲んだどんな水よりも甘かった。

「もっと飲みたい？」

恵がガウンの襟元《えりもと》に手をかけて、左右に開いた。

ガウンの下はブラジャーも何もつけていない。白く大きな乳房があらわになる。

ツンと上を向いたお椀形のバスト、その先端にある乳頭は鮮やかなピンクだ。

「おっぱいを舐めてくれたら、お水を口移しであげる……」

恵がしかけてきた。

「人が来たらどうするんですか」

興奮で声がかすれる。啓太の目は白い乳房に釘づけだ。

「その時はその時で考えましょ」

恵は余裕しゃくしゃくといった態度で首をかしげる。

「だって、まだ一回しかしてないのよ……」

恵が自分の人差し指を舐めて湿らせると、右乳首を撫でた。

クリクリと指を動かすうちに乳首は硬くなり、色が濃くなってくる。

（まだ一回って……一晩に一回で十分じゃないのか）

啓太はくらっと来たが、恵の乳頭から視線を外せないでいる。

「だったら、お部屋でしましょうよ」

客室フロアには、啓太や恵が泊まっている個室だけでなく、カーテンで仕切られただけのボックス型船室もある。

ここで大きな声を出したら、そこの乗客に聞こえてしまう——。

啓太は気が気でない。

「せっかくフェリーに乗ったのに、部屋でだけなんてつまらないでしょ」

恵は自分の乳首を愛撫していた。そうしながら膝を開く。下着を穿《は》いていない。薄めの陰毛に覆われた秘所がワンピースの奥にチラリと見える。すでに濡れた秘所を見て——啓太は本能が抑えきれなくなった。

「ちょっとだけ……ちょっとだけですよ」

言い訳するように呟《つぶや》いてから、乳頭を咥えた。

チュパッ、チュパッ……レロレロ……。

乳房をわしづかみにして、乳頭を舌で転がしてから吸う。

「んっ……よ、よくできました……お水をあげるね……」

恵がミネラルウオーターを口に含み、啓太の顎を指で上向ける。そして唇を重ねると、水を飲ませてくれた。喉の渇きがおさまっても、淫欲の渇きはおさまらない。

啓太は恵の乳房を音を立てて左右交互に吸った。

「うっ、はぁんっ……」

密《ひそ》やかな喘《あえ》ぎ声が、人気のないフォワードロビーに響く。

「ロビーに声が響くと、気づかれますよ」

ボックス型船室は、フォワードロビーのすぐ奥だ。

そこの仕切りはカーテン。声をあげたら、間違いなく聞かれてしまう。

「くう……」

恵が唇を噛んだ。

(我慢すると、感度がよくなるんだな……)

舌で乳頭をつついたときの反応が大きくなる。

(だったら……アソコもきっと)

啓太は恵の膝の間に手を入れた。蜜裂からは女の芳香が立っている。

指を淫裂に当てると、そこはもうずぶ濡れだ。

女体は愛撫を待ちかねていた。指が難なく呑み込まれていく。

「あんっ、そこはダメッ。人が来たら恥ずかしい」

恵が囁き声で返す。

胸ならば前を合わせるだけでごまかせるが、蜜壺への愛撫となるとそうはいかない。

だが、啓太は指を抜き差しさせる。

クチュ……クチュ……ピチュ……。

静かなフォワードロビーに淫らな音が響く。

「恵さんが恥ずかしがることもあるんですね」

最初は押され気味だった啓太が、今度は大胆になっていた。

本当は、誰かが来たらと考えると怖い。だが、肉食系そのものといった振る舞いをしていた恵の恥じらう姿を見たいと思う気持ちが、怖さを上回っていた。

「当たり前でしょ……ものには限度がある……あんっ」

恵が背筋をひくりとしならせ、啓太の頭を抱いた。

啓太が、女芯をくるんでいる皮を親指で剝《む》いたのだ。むき出しになった女芯に指をそっと滑らせただけで、恵の内奥からどろりとした愛液が溢れる。

「さっきはここをたしかめてなかったから……どんな風かよく見せてくださいよ」

「だめ、だめ……お部屋でしましょ……」

恵が首を振る。

「声を堪《こら》えればいいじゃないですか」

啓太は抜き差しのピッチを上げながら、女芯を優しく愛撫した。

一度撫でたら、次は女芯の周囲をくすぐり、もどかしそうな腰つきになったらまた女芯をまさぐる。繰り返すうちに、恵の額に汗が浮いていた。

「くうっ……はうっ」

自分の親指を噛んで声を堪える仕草は気品ある色気に満ちていた。

周囲をうかがう。人の気配はない。深夜になり、起きている者も少ないのだろう。

啓太は、秘所に顔を近づけ――女芯を吸った。

気のせいかもしれないが、音がやたら大きく感じられる。

「ふううっ」

恵の膝がガクッと震えた。ガウンの尻のあたりには大きな愛液の染みがつき、欲望のアロマを放っている。恵の匂いに包まれながら、啓太は愛液と女芯を舌ですくった。

「はぁぁんっ……すごい……いやらしいっ……」

「恵さんのアソコから、美味しいお汁が、たっぷり出てますよ。つゆだくだ」

吸いながら恵に告げる。

「い、言わないで……言葉責めされると、ここで欲しくなっちゃう」

「欲しいって、何が」

わかっていても、あえて答えない。

「いま欲しいのって、一つしかないでしょ……」

「本当にエッチなんですね。少しだけですよ。人が来たら大変だ」

啓太もそう言いながら、はやる気持ちを抑えられないでいた。

足下がふらつく恵を抱き、窓の方へと歩かせる。

前方に突き出すように傾斜がついている窓に恵の手をつかせて、啓太はガウンの裾をまくりあげた。むちっとした白桃と、その谷間にある紅い淫花が男を誘っていた。

「声、我慢して……」

そう言って、啓太は淫裂にズブリと肉棒を突き入れた。

「くううっ」

恵は必死に声を堪えたようだが、くぐもった声がフォワードロビーに響く。

「声、出てますよ」

今すぐにも結合を解いて部屋に戻った方がよいと、いつもの啓太が囁いている。しかし、スリルある場所でのセックスの快感を手放せず、腰をゆっくりと動かしていた。

(うっ……さっきセックスした時より、締まりがいい……)

背筋を愉悦の汗が流れる。

肉壺の収縮は強くリズミカルで、啓太の肉棒を奥へ奥へと導いていく。ここでのセックスは危険だと思っても、快感のため抜き差しをやめられない。

「はうっ、あんっ、あっ……」

恵の声が大きくなってくる。啓太は、恵の口を手で封じた。声がくぐもり、肉をぶつけ合う音がフォワードロビーにこだまする。

と——。

話し声が聞こえてきた。

「喫煙スペース、ここにしかないの面倒だよなあ」

フォワードロビーの隅に、喫煙用のボックスがあった。

人が来る。

啓太は慌てて引き抜くと、恵のワンピースを下ろし、己のスウェットをずりあげる。急いでこの場を離れなければ、と恵を立ち上がらせようとしたが、恵はへたりこんでしまった。愉悦のためか、腰が抜けてしまったようだ。

（まずい……）

啓太は恵を抱き上げた。いわゆるお姫さま抱っこだ。

そのまま恵の部屋へと向かって駆け出す。客たちは恵の部屋とは反対側の通路から来ているので、鉢合わせせずに恵の部屋に入れた。

恵が鍵を開けると同時に、二人は部屋に滑り込んだ。

「気づかれると思ったら、すごくドキドキしちゃった……」

部屋に戻った恵が、蕩けきった目で啓太を見上げていた。

「ねえ、続き、しよ……」

恵が腰紐をするりとほどき、肩からガウンを落とす。

輝くような裸体が目の前に現れる。大ぶりなバストに、白い肌、ほどよくくびれたウエスト——啓太は我慢できず押し倒した。

「ど、どうしたの、啓太さ……あああんっ」

細い足首をつかんで仰向けに寝かせると、恵の股間に顔を埋《うず》めた。先ほどは音が出ないように控えめにすすっていたが、今度は思いっきり音を立てて愛液を吸った。

舌をめぐらせ、女芯を舐め回す。

「あん、いい、いいっ。ねえ……私も舐めたいっ……」

恵の言葉を受けて、啓太は体を起こした。スウェットのズボンを下ろし、仰向けになる。阿吽《あうん》の呼吸で、恵が啓太の顔をまたいで、秘所を押し当ててきた。そして恵は啓太のペニスを口に含む。

「んっ……おいひい……」

恵が恍惚《こうこつ》とした声をあげた。

ジュボボ……ッという音とともに、ペニスが吸引される。亀頭に口腔《こうこう》の肉が当たった。頬をへこませて陰茎を味わう恵の様子が頭に浮かぶ。

「恵さんのオマ×コもおいしいです」

心からそう思っていた。愛液の味も、紅色の肉壺の舌触りも甘露だ。

啓太が舌を蠢《うごめ》かせるたびに、愛液の色は濃くなり、味にも淫猥な潮気がついていく。

その変化がたまらず、啓太は淫裂を舐め続けた。

「むうう……あむぅ……」

フェラチオをしたまま、恵が感じいった吐息を漏らした。鼻腔から漏れた熱い息が、陰嚢に当たる。それもまたゾクゾクするような快感だった。

白桃が何かを堪えるように、８の字を描いてグラインドしている。

「ちょうだいっ。啓太さんを思いっきりちょうだい……」

口からペニスを抜いた恵が、愛おしげに頬ずりをしていた。

女壺を舌で堪能《たんのう》した啓太も、今度はペニスで味わいたくなっていた。

恵の体をうつ伏せにすると、尻を掲げさせる。

そして、男根で貫いた。

「あおおおっ、来てるうっ」

恵の背が大きくのけぞり、腰と尻がぶつかり合う。

恵の白桃から汗と愛液の飛沫《しぶき》が飛ぶ。

啓太は汗ばんだ双臀をつかむと、己の腰を大きく前後させた。

「はうっ、あん、すごくっ、当たるっ」

正常位でのセックスより、後背位の方が結合が深いようだ。

子宮口に亀頭が先ほどより深くめりこんでいる。

啓太は、子宮口を揺さぶるように連打を放った。

「あんあんあんあんっ、いい、いいっ」

アップにした髪がほどけ、洗い立ての爽《さわ》やかな香りを振りまきながら肩に背中に広がる。薄茶色の髪は、白い肌によく似合っていた。

濃密な情交のせいで肌が濡れ、髪が背中に張り付いていく。

「髪を振り乱してセックスするなんて、本当にエッチだな」

「そんなエッチな女を狂わせてるの、啓太さんじゃない」

恵が肩越しに啓太を見た。目元に淫蕩《いんとう》な光が宿っている。

「真面目な俺を狂わせたのが恵さんですよ」

啓太は右手を伸ばし、律動のたびに揺れる乳房をつかんだ。

そして、指先でピンと屹立《きつりつ》した乳頭を撫でる。

「ひうっ」

「こんなに乳首ビンビンにして。エロすぎますよ」

「ああ、ああんっ……」

恵の背が震える。乳首からの快楽だけでなく、言葉で責められて感じているようだ。

膣肉の圧搾《あっさく》がキツくなり、愛液のとろみも増している。

「久しぶりのセックスだもの……燃えちゃうっ」

鼻にかかった声で答えながら、恵は切なげに腰をくねらせた。

「ああ、いいオチ×チン……気持ちいい。イキそう、ああ、あんんっ」

恵が振り向く。啓太も身を乗り出した。

濃厚なキスを交わす。

その間もリズミカルな音を立てながら情交は続いていた。

「ん……ふうっ……オマ×コが溶けちゃいそう……」

結合部から滴った愛液が、カーペットに染みをつくっていく。

啓太の律動に合わせて、白桃が揺らめき、軽快な音を放つ。

淫らな肉鼓の音と、恵の喘ぎ声が狭い個室を満たしていく。

「オマ×コがぐちゃぐちゃになるまで突いてあげますよ」

恵とは旅先の、一時だけの関係。

互いに大人だ。それを踏まえての奔放なセックスなのだ。

だからこそ、この瞬間を、この逢瀬《おうせ》を忘れないように、互いの体に刻みたい。

「う、うれしっ、いっ……いいっ、いいのぉ……」

射精欲が高まった啓太は、ラッシュを繰り出した。

パンパンパンッ！

小気味よい音が響く。

本気汁が欲望のアロマを放ちながら、あたりに飛び散る。

「ひう……イク、イクイク……」

恵の背が、ぐぐっとのけぞった。

肉壁の締め付けがキツくて、抜き差しがつらいほどだ。

だが、啓太は歯を食いしばって子宮口を突き続ける。

「もうダメ、ダメ……い、イクううう っ！」

キュンと膣口が締まる。根元を絞られて、限界がやってくる。

「出ます……おお、おおおお！」

ドクンッ！

啓太の中で、欲望が決壊した音が聞こえた。

肉壺で大きく跳ねた陰茎が、数度に分けて欲望をほとばしる。

「すごいのっ……熱いお汁がいっぱい来てるっ」

恵は女壺に白濁液が注がれるたびに、背筋をしならせた。

「最後の一滴まで……中にちょうだい……」

恵の囁きを聞きながら、啓太は恵の背中に身を預けた。

ペニスの蠢動が止まった。すべてを放った啓太は女壺から男根を引き抜き、恵の隣に横たわった。

（すごいセックスだった……）

いままでのセックスの概念が崩れるような行為だった。

男の夢を体現したような女性と旅先で出会い、濃厚な一夜を過ごすなんて、現実とは思えない。

恵が体を起こし、ジュースのペットボトルをテーブルからとった。

「生き返る……おいしいっ」

ごくごくと喉を鳴らしてジュースを飲んだあと、啓太の方を振り向いた。

「啓太さんも私も、徳島で降りるから……寝坊で大丈夫よね」

フェリーは徳島に十三時二十分に着く。

このまま別れていいのだろうか——啓太はそう思ったが、口に出したら雰囲気が壊れてしまいそうで言えなかった。

(恵さん、旅のエッチは一期一会派だし、連絡先の交換をしないのがエッチの条件だったもんな)

あのとき、その条件を呑んだ自分が恨めしい。

「夜はまだまだ長いから……もうちょっと楽しまない？」

二回もしたというのに、恵は物足りないようだ。

恵が啓太のそばでM字開脚して、淫花を指でくつろげる。己の樹液と、それを飲みほした肉壺を目の当たりにした啓太から、迷いは消えていた。

「じゃあ、あと一回だけですよ」

たまさかの出会いだから楽しめるのだ、お互いに——。

自分にそういい聞かせた啓太は陰茎を扱いて、恵に覆い被さった。

第二章　女子大生 夜の阿波踊り

1

啓太は、生ビールをぐいっと飲んだ。

恵との別れはあっさりしたものだった。約束どおり連絡先の交換もなし。徳島でフェリーを降りてから列車を乗り換えて琴平《ことひら》まで来たが、車内でも考えるのは恵のことだけだった。

(忘れよう……もう、会えない人なんだから)

啓太は琴平の居酒屋に来ていた。

今日は温泉に一泊して、明日は午前に金比羅《こんぴら》さんで参拝、そして、午後は念願のアンパンマン列車に乗るのだ。

鞄《かばん》から手帳を出した。

明日の予定には大きく『アンパンマン列車』と書かれている。

（三十で子どももいないのにアンパンマン列車に乗るとは思わなかったな……）

しかし、列車のことを考えると、啓太は浮かれてしまう。

（これも阿久津君の影響だよなあ）

入院中、傷が痛むと、阿久津はイヤホンをつけ、スマートフォンで動画を見ていた。なので、病室は静かだったのだが――あるとき、イヤホンがイヤホンジャックから少し抜けていた。

阿久津はいつもどおり動画を見はじめた。その途端――。

大音量で、アンパンマンの歌が流れた。

「阿久津くん、イヤホンが抜けているよ」

啓太が注意しても、阿久津は気がついてないらしく、スマートフォンに見入っている。何度か声をかけるうち、ようやく阿久津がミスに気づいた。

「すいません、うるさくしちゃって」

阿久津がぺこぺこと頭を下げる。

相部屋《あい》で大きな音を立てるのは御法度《ごはっと》でトラブルの元になる。しかし、アンパンマンの歌で毒気を抜かれたのか、同室の患者は苦笑いするだけだった。

「まさか、アンパンマンの歌を聴いていると思わなかったよ」

「僕だって毎週見ているわけじゃないんですよ。でもね、つらいときとか、この曲を聴くと元気が出るじゃないですか」

という持論を展開したあとで、阿久津が見せてきたのが四国を走るアンパンマン列車の動画だった。四国の様々な路線で、車輌《しゃりょう》をアンパンマン一色にデコレーションしたトロッコ列車や特急が走っているのだという。

そして、子どもだけでなく、大人にも人気だと話した。

その時は聞き流していたのだが、退院してから、啓太も会社でうまくいかないことがあったとき、アンパンマンの曲を聴くようになっていた。聞いていると不思議と元気が出た。なんとかなるような気持ちになれる。

そのうちに、アンパンマン列車にも興味が芽生え、心を癒《いや》してくれたヒーローやキャラクターがついた列車に乗りたいと思うようになっていた。

いい年の大人が、しかも昨日はフェリーで濃厚な一夜を過ごした大人が、アンパンマン列車への期待で胸を膨らませているなんておかしな話かもしれない。

（いつかって思っていたのが以外と早く実現したんだから、ワクワクするさ）

明日のことを思い浮かべていると口角が上がる。いい気分で、またビールを飲んだ。

メインまで時間がかかるので、すぐ出そうな、香川の郷土料理しょうゆ豆と疲労回復を考えて山芋スライスを頼んでいた。

しょうゆ豆は空豆を煎ったものを醤油や砂糖を合わせた調味料につけているという。見た目が黒いので最初は怯《ひる》んだが、口にすると甘塩っぱくて、酒に合う味だ。

しょうゆ豆、山芋スライスでビールを飲んでいると、店員が来た。

「骨付き鶏の親鳥、お待たせしました」

メインの登場だ。

楕円のアルミ皿に乗った、香川名物の骨付き鶏だ。

胸の大きなかわいらしい店員が運んできた。歩くたびにゆさゆさバストが揺れる。

店員はショートカットに、切れ長の大きな目の持ち主だった。冬だが黒い半袖ポロシャツ、体にフィットしたデニム姿。年の頃は二十くらいだろうか。オレンジ色のリップが、はつらつとした笑顔の彼女によく似合っていた。

ステンレスの皿に置かれた肉がジュウジュウと音を立てて、食欲をそそる匂いが立ちこめていた。

骨付き鶏はシンプルに塩こしょう、そしてニンニクで味付けした鶏肉を、オーブンでじっくり焼いた香川名物だ。さっそく、席に備え付けてあるハサミを使って肉を切り分けようとしたが、どうもうまくできない。

困っていると、先ほどの店員がやってきた。

「お客さん、手伝いますよー。親鳥頼むなんて、通ですね」

褒められて悪い気はしない。

ほのかに訛《なま》っているのがかわいらしい。女性は、慣れた感じで食べやすい大きさに肉を切ってくれた。礼を言うと、ニコッと笑って席を去った。

熱々の肉を口に運ぶ。ハフハフ言いながら食べると、口の中いっぱいに、肉と油の旨《うま》みが広がる。骨付き鶏は親鳥か、ひな鳥のどちらかを選べるが、啓太は食べ応えのありそうな親鳥を選んだ。そのチョイスは間違っていなかったようだ。

かみ応えのある肉から溢れる肉汁。

ほどよくついた塩こしょうに絡みつくニンニクの風味がたまらない。

(恵さん、今日は何を食べてるのかな)

ふと、そんなことを考えてしまった。目を閉じて頭を振る。

恵のことだ、高級フレンチとワインだろうか。

そして、また旅先で男をひっかけて……。

胸にモヤモヤしたものが広がる。

(なに妄想で嫉妬《しっと》してるんだよ。一晩過ごしただけなんだ、あれは夢だ。忘れよう)

ビールを飲みほして、おかわりを頼んだ。

啓太が店を出たのは、一時間ほど経ってからだった。

昨日の疲れをとるため、今日はゆっくり寝よう――と泊まる予定のホテルに戻ろうとしたのだが、思い出せない。

スマートフォンで検索しようとしたのだが――鞄の中にない。ポケットというポケットを探したがない。体から滝のような汗が出る。

(旅先でケータイをなくすなんて……警察行って、ケータイの会社に連絡して……うわあ)

昨夜の幸運な一夜の反動がやってきたのだ。幸運のあとには落とし穴が待っているのが啓太の人生だ。額に手を置き、がっくり肩を落としていると――。

「お客さん、これ、お客さんのやろ」

背後から声をかけられた。振り向くと、先ほどの店の女の子が立っている。制服姿では寒いのか、上にダウンを羽織って、啓太のスマートフォンを持っていた。

スマートフォンを啓太に渡すと、彼女が言った。

「お客さん、念のため、目の前で解除してもらえますか」

指紋認証で画面を開くと、女の子の顔が明るくなった。

「すみません、疑うようなことを言っちゃって」

「いや、ありがとう。本当にありがとう」

啓太は、ペコペコと何度もお辞儀をした。

「よかったです。じゃあ、うちはこれで帰りますけん」

よく見ると、彼女はリュックを持っている。

「お店、終わったんですか」

「そうです。失礼します」

ぺこりと頭を下げて離れようとした女の子に、啓太は思い切って声をかけた。

「俺、旅行でここに来たんだけど、美味しいお店を知っているかな……いや、ナンパとかじゃないんだ。地元の人に教えてもらおうと思っただけで、だから、その」

言えば言うほど、ナンパ目的のようになってしまう。

ただ単に、明日の昼は地元で人気のうどん店に行きたくて、それを聞こうとしているのだが——普段女性に声をかけ慣れない啓太は、一番肝腎な「うどん」という言葉を忘れていた。

「ナンパじゃないって、どう見てもナンパやないですか」

女の子が笑い出す。

「そこまであからさまなのに、焦って面白い人じゃねえ」

「違うんだって」

うどん屋を教えてくれ、と言おうとしたところで、女の子が腕を絡ませてきた。

下から啓太の顔をのぞきこんでくる。

「照れ屋さんやねえ。うち、このまま帰るのもつまらん思ってたから、ちょうどよかったー」

そこでようやく、啓太はうどんと言い忘れていたことに気づいた。

「俺はうど……」

「ウドさんって言うの？　うちは遼子《りょうこ》。よろしくねー」

遼子がニコッと笑った。

2

(この展開は……大丈夫なのだろうか)

啓太はホテルにいた。

広縁《ひろえん》のテーブルを挟んで、遼子が向かいの籐椅子に座っている。

しかも、浴衣に羽織姿だ。

洗いざらしの髪は、遼子が少し動くたびに揺れている。

遼子は、ちゃっかり風呂にまで入っていた。

「女風呂は花が浮かんどって、めっちゃきれいやったわあ」

化粧っ気がなくなっても、遼子は魅力的だった。大きな瞳に、丸めで優しげな輪郭。

そばかすが飾らない雰囲気の遼子に似合っている。

(かわいい……いやいやいや、そうじゃない。なんでこんなにかわいい子が、あっさり俺の部屋に来るんだ。おかしい、絶対におかしい)

啓太はじっと遼子を見つめている。

飲み物も自動販売機で買ってきたペットボトルの水だ。

これならば何か混ぜてもすぐわかる。昏酔《こんすい》強盗されないように啓太は警戒していた。湯上がりの遼子は、猜疑心《さいぎしん》に満ちた啓太の様子を気にせず、冷蔵庫から瓶ビールを出して、栓を抜いていた。

今日のホテルは最高級とまではいかなくとも、一泊それなりの値段がする。素泊まり一人の予定が、なんと二人で泊まることになってしまった。

「今日は温泉に入りたい気分やったの。助かったわー」

遼子に押し切られてしまった。一人分の追加料金が思ったほど高くなくてよかった。

（いやいや、財布の心配より別な心配の方が先だろ）

胸をなで下ろしている場合ではない。

啓太はモテるタイプでもないのに、こんな風に女性が部屋に来るなんておかしすぎる。よくない想像ばかりが駆けめぐり、いまではいかつい男たちの前で土下座しながら現金を差し出す自分の姿まで思い浮かぶ。

恐怖に震える啓太におかまいなく、遼子はご機嫌な様子でビールをグラスに注いで、ぐいっと飲みほした。

「労働のあとのビールは美味いわあ」

「どうして俺の部屋についてきたの。ほら、初対面だし、俺たち」

「ウドさんが迷っていたから、ホテルまで案内してあげたんよ」

「俺はウドじゃなくて、佐田だって」

「年末は観光のお客さんが多くて、おばさんの店もかき入れ時でね。初詣《はつもうで》が終わってしばらくするまで住み込みでバイトバイトの毎日よ」

「俺の話、聞いてる？」

「つまり、うちは遊びにいけんのよ。チャンスがあったら、つかむのが大事でしょ」

「……チャンスって、ホテルに泊まること？」

「何言うてんの。遊びのチャンスのことやけん」

「俺が遊び相手……遊び慣れてないの見ればわかるし、危ない男ならどうするの」

遼子が啓太の前に置いたグラスにビールを注いだ。

「危ない男が、あんな風に慌てふためかないし、うちに物でもとられるんやないかって気にせんやろ。うちの前で財布をフロントの貴重品箱に預けて、みえみえよ」

啓太は耳まで赤くなった。

「危なくなさそうで、そこそこよさそうな男が声をかけてきたけん、乗らなきゃ損じゃろ」

遼子が啓太に近づき、耳に口を寄せた。

石けんの匂いに混ざって、女のアロマが香った。

啓太はちらっと和室の方を見る。布団が二枚並べて敷いてあり、枕元にはティッシュが置いてある。

「おばちゃんの家に泊まり込みでバイトしてるから、うち、オナニーもできんの。二十歳のヤリたい盛りやけん、欲求不満よ」

啓太がぎょっとして遼子を見ると、遼子は自分の浴衣の帯に手をかけていた。しゅるっと音を立てて帯がほどける。

浴衣の前がはだけ、大きな乳房から、濃い草叢《くさむら》に縁取られた秘所が丸見えだ。

帯が落ちると同時に、啓太の顎も落ちた。

「ビックリしすぎでしょ」

「そりゃビックリするよっ。いきなり脱がれたら驚くよ」

「おにーさん、面白いのー。きっと、エッチも面白いんやない」

遼子が啓太の後頭部に手を置き、抱き寄せる。二人の顔が近づき――唇が重なった。

フェリーで一夜を過ごしたばかりなのに、二日連続でこんなことになるなんて――。

――旅のお守りとして評判いいんですよ、この『幸福きっぷ』。

ふと、阿久津の言葉が脳裏をよぎった。フェリーの出会いといい、今晩のことといいい、ボストンバッグのファスナーにつけている『幸福きっぷ』キーホルダーのおかげなのだろうか。

「気をそらしちゃ、いや……」

気もそぞろな啓太を見て、遼子が声をあげる。

「じゃあ、うちが集中できるようにしてあげる」

床に落ちた帯を遼子がとって、啓太の両手首に巻き始める。

「え、え、ちょっと」

あっという間に、両手が縛《いまし》められた。

身ぐるみはがされて瀬戸内海の藻屑《もくず》になるのか、と冷や汗が浮く。

「これで逃げられんね」

遼子が口の端をあげる。啓太は死を覚悟した。

「き、貴重品ならフロントに預けてるし、金目の物なら持ってないぞ」

「もう、何言うてるん。おにーさん、本当に変わった人ねえ」

結び目をつかんで、遼子が和室へと啓太を導くと、布団の上に仰向けに横たえた。

そして、啓太の浴衣の裾を遼子が開く。

「あれ……ビクビクしてるのに、こっちはすっごく元気やないのー」

遼子が顔をほころばせた。ＡＴＭまで行かされて全財産を奪われるかもしれないと想像していても、遼子のまばゆいばかりの裸身を見て、男の本能はちゃっかり反応していた。パンツの前は大きく膨らんでいる。

「それは、その……心と体は別だから」

「ふうん。おとなしい顔して好きもんなんやねえ」

遼子が啓太の下着をさげると、バネじかけのように勃起した肉棒が飛び出てくる。

「大きい……いいモノじゃねえ」

唇を開いて、遼子は啓太のペニスを咥えた。首を振って細かな振動を送りながら、顔を上下させる。快感で、啓太の肛門が、きゅっとしまった。

遼子は両手を伸ばし、啓太の浴衣の襟元をくつろげると、乳首に手を伸ばした。

「はうっ……」

ペニスを吸われながら、両乳首を指でつままれ、思わず声が出てしまった。

乳首をいじられてもくすぐったいとしか思ったことがないのに、性器と同時に刺激されると、くすぐったさが快感に変わっている。

（テクニシャンだ……お、おおおおっ）

ジュル……ジュルルルッ！

遼子が音を立てて亀頭を吸い始めた。

「いい、すごく、気持ちがいい」

背筋に鳥肌が走るほどの快感だ。啓太は堪えきれず、遼子の頭を縛められたままの手で抱えた。

何かつかんでいないと我慢できないほどの心地よさに、尻の肉がひくつく。

「年下にこんな風にされるんはイヤ？」

唇からペニスを外し、舌先で尿道口を舐めながら遼子が聞いてくる。

「い、イヤじゃないです……」

昨日の恵とは方向の違う肉食系のようだ。恵は技巧よりも情熱で快感を味わうタイプだったが、遼子は若いのにテクニックを駆使して快感を相手に与えるのを楽しんでいるようだ。

「透明な我慢汁がようけ出とるわぁ」

ジュルッ、チュッ……。

先端から溢れた男の欲望汁を、遼子は形のよい唇をすぼめて吸っている。吸引されるたび、肉欲が高まり、唇だけでは物足りなくなってくる。

両手を伸ばして遼子に触れたい。しかし、帯で縛められているので、それもままならない。自由を制限された啓太の欲望は募っていくばかりだ。

「ビンビンじゃね……もう、入れたい入れたいって、ピクピクしとる」

遼子が立ち上がり、浴衣を脱いだ。

長い足の間からは、透明な糸を引いて愛液が滴っている。その上に目を転じると、大ぶりのバスト——Ｆカップはありそうな——が揺れていた。

「うちも欲しくなっちゃった」

がに股で腰を下ろす時に、両手で肉ビラを左右に開いて啓太に見せつけていた。

淡い色の柔襞に包まれた陰唇は蕾《つぼみ》のようにすぼまっており、そこからは少し白い色のついた愛液が垂れている。

「見て……お汁が出とぅのよ……」

ゴクリッと啓太が唾を飲む音が響いた。淫らな光景に、涎と我慢汁があふれ出す。

腰が降りて——淫唇と亀頭が触れ合った。

このまま呑み込まれる——啓太は期待で体が熱くなった。が——。

「入れる前に、ほぐすよぉ」

遼子は先端に淫裂を食い込ませると、腰を前後させた。中腰でこの動きをするのは、かなり足腰に来そうなものだが遼子は余裕たっぷりだ。

若さのせいだろうか、体力がかなりある。

「クリに当たる……硬くて、ええチ×ポじゃねえ」

チュプチュプチュプ……。

リズムを刻んで腰が揺れている。

亀頭でくすぐられた蜜口がほどけ、トロトロの愛液を吐き出していた。

「もうちょっと遊ぶつもりが、おにーさんのが硬くて、うちもう我慢できんっ」

遼子が亀頭を蜜口にあてがうと、ズブッと腰を沈めてきた。

肉が四方からペニスをくるみ、圧をかけてくる。

たっぷり濡れた秘所の味に、啓太のペニスは早くも発射態勢に入っていた。

「おお、すごいっ……」

「ああ、いいっ」

腰を下ろしきったので、遼子の尻が啓太の腰に当たった。

深く結合したところで、上下の抜き差しが始まると思ったのだが——啓太の意に反して、遼子は腰を前後させ始めた。

「おお……おおおっ」

思わず雄叫びをあげていた。若々しい膣肉の感触への感嘆と、遼子のリズミカルな腰づかいのためだった。

遼子の腰の動きは速く、啓太が射精時にかけるラッシュのようだ。

「あん、太くて長いのがビンビンきてるぅ……いい、いい」

遼子も重量級の乳房をタプタプ揺らしながら、肉棒のもたらす快感に酔っていた。

啓太もまた、巨乳で童顔、童顔で淫乱、という遼子のギャップとテクニックに身を任せているうちに、全身が蕩けそうになっている。

「りょ、遼子さん、速いよっ……これじゃ俺、すぐにイッちゃう」

前後に動かれると、ペニスの裏筋が刺激される。熱い柔肉に、こんな風に責められて長く持つ男はそうそういない。そもそも、啓太はタフさに自信がない。先走りが間断なく溢れ、二人の股間を濡らす。

「ええんよ、イッて。一回出した方が二回目は長いじゃろ？」

もう二回戦のことを考えているらしい。

遼子が前屈みになり、啓太の乳首を再度つまんだ。そうしながら腰をグラインドさせる。亀頭が締まりのいい肉壁を搔《か》いて、双方ともに快感の呻きをあげる。

「硬くていい……うちもイッちゃいそうじゃわ」

乳首と股間への同時快感に、啓太のペニスの勢いが増す。

「えぇっ……中でまた硬くなってる……」

遼子が戸惑った感じで、眉をひそめた。

「気持ちいいっ、いいよぉっ、当たる……あ、あんっ……」

遼子が腰をくねらせながら、切なげな喘ぎ声をあげている。相手の愛撫に身を任せていた啓太だったが、射精欲が高まり、受け身でいられなくなっていた。

「ああ、ああっ、こっちも我慢できないっ」

啓太が腰を突き上げた。

リズムもへったくれもない。本能のままに尻を上下させる。

騎乗位ならではの空気を含んだ音が和室にこだました。

「ほうっ、そこ、そこいいっ」

下からの突き上げが始まった途端、遼子は自分の乳房を揉みながらのけぞる。

濃い草叢には、白い本気汁が絡みついている。そして紅く染まった肉ビラは、しっかりと啓太の怒張《どちょう》をくわえ込んでいた。

「いい、いい、もっとうちを突いてっ」

いつもなら腰をつかんで突き上げるのだが、いまは両手を縛められている。制約がもたらすもどかしさのせいで、興奮は深くなっていた。

啓太は、両手を上げて頭の上の布団に手を置いて床を押すと――。

「あふっ、すごいっ。強い、あんっ」

突き上げで、遼子のバストがバウンドした。

大ぶりのバストが汗を散らしながら宙を舞う。

結合部からの本気汁は、啓太の陰毛をぐっしょり濡らすほどになっていた。

「足をがに股にして……」

啓太の言葉に、遼子は素直に従った。

「あうっ、深いよっ……深く突かれてるっ」

恵との一夜の経験が役に立ったようだ。結合が深くなる体位をとった途端、子宮口に切っ先が触れて、遼子から余裕が失われていた。

「子宮が突かれてる感じ？」

そう尋ねると、遼子が汗みずくの顔でうなずいた。

亀頭の先端にコリッとしたものが当たっている。そこを連打するように、啓太は腰を突き上げた。両手を床について腰だけ動かすのは、啓太にとっても骨の折れる体位だが、愛欲に狂う遼子の姿を見ていると、そのつらさも忘れる。

「中で暴れとるっ。オマ×コが壊れるよっ。おかしくなるっ」

遼子は汗だけではなく、涙も流していた。

積極的なだけに、立場が逆転して受け身になると快感が増すようだ。

「泣くほど気持ちいいんだね」

遼子がガクガクと震える。

「こんなの初めて……いい、いい……もう、イキそうっ」

遼子の内奥が蠕動《ぜんどう》している。肩がヒクついているところからも、達しそうなのがわかる。そして、絶頂前の締め付けで、啓太の肉棒を責めてくる。

「本当はまだまだ足りないでしょ」

啓太も射精間近だが、よがり狂う遼子を見て、もっと気持ちよくさせたいと思っていた。亀頭からは先走り液を噴き出しながら、反り返ったペニスで子宮を揺すぶる。

遼子は、上下動に合わせて肩をヒクつかせていた。

「ううん、十分感じてるのっ。あん、あんっ、イッて。ねえイカせてっ」

最初は遼子が啓太を責める側だったのに、いつしか立場は逆転していた。

遼子は狂おしげに双乳を揉みしだき、快楽に打ち震えている。

燃え上がった二人の結合部からは、汗と愛液が飛び散っていた。

「もうイッていいの？　物足りないでしょ？」

あえて意地悪をする。余裕のない遼子は首をぷるぷる振った。

「これ以上されたら、うち変になるから……お願いだからっ、イカせてぇっ」

バス、バス、バスッ！

腰と尻がぶつかり合う音が響く。

啓太は律動の合間に、腰をグラインドさせた。

内奥を亀頭でまさぐったのが、熱くなった肢体にとどめを刺したようだ。

「ふあ……あぁっ、いい、もううちダメッ……い、イクっ」

遼子がピーンとのけぞった。蜜肉がギュンと締まり、射精を促す。

激しい腰づかいと、未知のプレイで興奮していた啓太も限界だった。

「俺も……イクッ」

中に出していいか判断がつかず、啓太は体を起こすと遼子を押し倒し、腹の上に射精した。

ビュッ、ビュッと音を立てて出た樹液が、遼子の白い下腹にまだら模様を描く。

啓太の興奮を示すように、樹液の量はいつもより多かった。

3

「おにーさん、まだ寝るには早いんじゃない」

その声で、啓太の目が覚めた。昨夜からの疲れもあって啓太はうとうとしていた。

セックスのあと、遼子はシャワーで汗を流してきたようだ。

爽やかな匂いをふりまきながら、啓太の横に寝そべっている。

肘を床につき、手で頭を支えて、こちらを見つめていた。

遼子が、啓太の顔に手を伸ばした。

「キス……まだやったよね」

唇が触れ合う。遼子はキスも上手だった。唇でチュッと軽くキスしてから、口を開いて舌を啓太の口腔に入れてくる。二人は舌を絡め合い、唾液を吸い合った。

激しいセックスのあとだからか、キスがことさら甘く感じられた。

「遼子さんは本当にセックスが好きなんだ」

「そう言ったやない。でも、おにーさんもすごいね。うちの腰づかいに負けんで、あ子どもの頃からやっとるから、筋金入りよ」

中腰であんなに動けるなんてすごいよ」

「なーに言ってるの。運動じゃなくて、阿波踊《あわおど》りよ。

「遼子さん、スポーツでもしてるの？

お世辞かもしれないが、悪い気分はしない。

んな風に突き上げてきた人初めてよ」

「阿波踊り……阿波踊りって徳島だよね」

「ああ、うちは琴平に住んどるんじゃないんよ。地元の徳島の大学に通っとるのよ。おばちゃんの店がかき入れ時にだけ、バイトしてるんよ」

阿波踊りは腰を落として、何時間も踊る。見かけ以上にハードな踊りだと思う。

そういえば、阿波踊りのために一年かけて練習していると、テレビのドキュメンタリーで見たことがある。

「だから、うちはタフよ。おにーさん、今日は天国を味わわせてあげるね」

年下の女の子にいいようにされるのも悪くはない。

だが、啓太も自分なりに遼子に愛撫をしたくなっていた。

「ねえ、この帯をほどいてくれないか。そうしたら、二人でもっと気持ちよくなれると思わない？」

「そうねえ……あ、そうだ、いいこと思いついた。おにーさんがうちを舐めてイカせたら、ほどいちゃるよ」

遼子が足を開いて誘ってくる。

咲き誇った肉の薔薇《ばら》は深紅に色づき、中心からは白く濁った愛液を垂らしている。

「さっきイッたのに……またイキたいの」

「冬休み前に彼氏と別れてから、エッチなしよ。うちは欲求不満なん」

冬休みって――そんなに日にちが経っていないじゃないか。

そう思ったが、性欲旺盛な遼子には物足りない毎日なのだろう。

「じゃあ、遠慮なくいくよ」

昨日と先ほどのセックスで疲れていたはずなのに、肉ビラを前にすると疲れを忘れる。開いた蜜肉に誘われるように、そこに口をつける。風呂に入ったあとだからか、汗の匂いは薄かった。舌で味わうと、愛液の潮気が濃厚に感じられる。

「あんっ……」

若い柔肉が反応した。

じゅわっと蜜汁が内奥から溢れてくる。啓太は舌をとがらせ、肉壺の中に押し込んだ。膣道は狭く、先ほどまで啓太のペニスを受け入れていたとは思えない。

舌で肉壁をつつくたび、たわわな尻がかわいらしく跳ねる。

「あんっ……おにーさん、上手……」

遼子の声が切なげだ。手首を縛められたまま、指を秘所にあてがい、左右にくつろげる。クチュッ……と音を立てて、肉の祠《ほこら》が開いた。

「広げるの、ダメやけん……ダメ……」

蜜道の、少し奥の方まで見えた。ピンク色の肉の道が、きらめきながら蠕動している。風通しのよくなった膣壁に、啓太は息を吹きつけた。

それも、熱い息ではなく冷たい息だ。

「あひっ」

淫熱を冷ますような息をかけられ、遼子は驚いたようだ。

未知のプレイで啓太がいつもより感じたように、遼子も不意打ちめいたプレイをしかけた途端、感度が上がった。

「そんなん、反則……」

気の強そうな遼子の声が、鼻にかかった声になっている。

ボリュームのあるヒップがくねくねと揺らめき、啓太の愛撫を求めていた。

左の指二本で肉裂を左右に開いたまま、右手でクリトリスの包皮を剥く。

そして、舌先で急所をつついた。

「あん、やぁ、そこ感じるの、はぁんっ」

舌で女芯を優しくくすぐりながら、右の指二本を揃えて、女壷に挿入する。

クチュッ……。

音を立てて、指が呑み込まれた。

「ひうっ……いい、いいっ」

遼子は汗をたっぷりかいていた。指の律動に合わせて下腹をうねらせ、しきりに喘いでいる。色の濃い本気汁が啓太の指から手の甲を伝って、肘まで濡らしていた。愛液が滴った布団からは、むせかえりそうなほどの発情の匂いがたちこめている。

「遊び慣れているなら、この程度じゃ感じないだろ」

啓太は指をめぐらせながら、遼子に囁いた。秘所の前で声を出すと、吐息が女芯に当たる。その刺激で、遼子はまた喘ぐ。角度を変えながら指を抜き差しさせるうち、遼子の声が大きくなるポイントを見つけた。

（ここがこの子のGスポットなんだな……）

かつての恋人相手に、一度研究してGスポットを探り当てたことがある。恋人はよがり狂ったのだが——帰るときに言われた。ふしだらになるのは自分らしくなくて嫌だから二度としないでほしいと。しかし——。

「もっと、もっと気持ちよくなりたいの……うち、エッチなの、好きだから」

この言葉に背を押されて、啓太は指を遼子のポイントに当てて、指を動かした。

——変に自信を持っている男ほど指を乱暴に動かして嫌なの。

昨夜、恵が言っていたことを思い出して、啓太は指を優しく抜き差しさせた。指を入れた時に、膣のへそ側にあるザラザラした部分をそっと刺激する。そして快感を与えるように、じっくり指を引いていく。

「くう、あんっ、いい、そこが熱くなっちゃう……」

最初は自分の性欲を満たすようにガンガン腰を振っていた遼子が、じっくり愛撫されるうちに、年相応の恥じらいと感じ方を見せるようになっていた。

蜜壺への刺激で、女芯が硬くなってくる。啓太は芯芽をそっと吸った。

「あんっ……あう、そこ……すごいのっ」

遼子の腰が浮き上がり、太股がブルブル震える。女芯と内奥を丹念に愛撫され、深い官能を覚えているようだ。太股も下腹も、しっとりと汗で濡れている。

「やぁ……嘘……指と舌でイッちゃいそう……」

遼子が顔を振って、快楽に耐えている。

もう一押しだ——啓太は、抜き差しのピッチを少し上げた。そして、女芯をチュパチュパと音を立てて吸った。遼子の筋肉質の太股がそのたびにヒクヒク跳ねる。

「ああん、うち、うち、イク、イクううっ」

抜き差しをすばやくしながら、内奥のザラザラを強めに刺激した。

尻たぶも、太股も、かすかに痙攣している。

啓太は、最後の一押しとして、女芯を強く吸引した。

「おほ……ほううううっ！」

遼子がのけぞり、ブリッジの姿勢をとる。

そして股間からは、ブシュと音を立てて潮が噴き出した。

「嘘ぉ、うち、はぁっ、潮が、止まらんのっ、あんっ」

ブシュ、シュ……。

潮は啓太の相貌を濡らすだけでは足らず、シーツにもおねしょのあとのように染みをつけている。

幾度かに分けて大量に噴き出た潮が止まると、遼子は布団の上でぐったりした。

「腰がだるくて動けんわぁ……」

愉悦の波の中を遼子はたゆたっているようだ。

目の焦点が合っていない。

啓太は遼子の前に腕を差し出し、ほどいてもらう。シュル……と音を立てて帯が外れると、啓太は遼子に口づけた。

「ん……んん……」

啓太は浴衣を脱ぎながら、遼子の唇に愛液を注ぎ込む。自分の愛液の味がするキスを、遼子はうっとりした顔で受け入れていた。

生まれたままの姿になった啓太は、遼子を抱き寄せた。

「おにーさん、ふつーの人かと思ったら、うちよりスケベな人じゃったんね」

「君ほどじゃないよ」

胸に、遼子のたわわなバストが当たる。乳首も芯が通り、啓介の体に触れるとくすぐったい。若さゆえの弾力とハリのあるバストの感触を楽しんでいた啓太は、とあるプレイをひらめいた。

「今度は攻守交代だ」

啓太は、帯を手にとり、遼子の手首を巻いた。

「おにーさん、何するん」

「両手を縛られると、感度が上がるんだ。俺は上がったよ。遼子さんもそれを味わってみないか」

そう言われた途端、遼子の目がきらめいた。

「ドキドキする……断れないやない」

啓太はペニスを扱いて硬くすると、遼子の腰をまたいだ。

そして、仰向けになってもハリを失わないバストの脇に手を当てて、中央で密着させると、そこに猛ったペニスを入れて挟む。

いわゆるパイズリだ。

「あんっ……」

光り輝く若い巨乳に肉棒が挟まれているというシチュエーションのせいか、背筋がゾクゾクするほどの快感を啓太は覚えていた。

「アソコに負けないくらい、おっぱいが柔らかくて気持ちがいいよ」

啓太は腰をゆっくり前後させた。己の出した先走り汁と先ほどの愛液が潤滑液となって、胸の谷間にぬめりがついていく。

最初はそろそろと動かしていたのが、快感に煽られてテンポが上がっていく。

「おにーさんのオチ×ポの匂いがすごい……ほ、欲しい」

遼子が顔を上げて、谷間から突き出た亀頭に舌を伸ばす。

啓太は遼子が首が疲れないように、彼女の頭の後ろに枕を置いてやった。

啓太が腰を繰り出すと、遼子の舌先が亀頭に触れた。

「ん……んんっ……はむっ、はむっ……」

遼子は舌先で味わう先走りの味に夢中になっていた。目のあたりが酔ったように紅くなり、啓太の背後にある淫裂からはいやらしい匂いが広がっている。

浴衣の帯で手を拘束した女性の胸を自分が押さえてパイズリさせているなんて、犯しているようで、少し妙な気分になる。

「速くするよ」

啓太が聞くと、遼子がうなずいた。

片手でペニスをくるむ乳房が離れないようにして、もう片方の手で遼子の頭を押さえる。そして、腰を思いっきり送り出した。

「はむ、はむっ……むううう……」

遼子の口の中に、亀頭がカポッと音を立てて入る。啓太は腰を前に出して、パイズリとフェラを同時に味わっていた。乳房の柔らかさと、唇の潤みを、肉竿と亀頭で堪能するうちに背中に汗が浮いていった。

(初めてのプレイだけど、いい)

相手の体を性器のように使う、少し倒錯したプレイにゾクゾクしていた。

「啓太さん、うちもう辛抱できないっ。アソコもいじって……」

「ダメだ。我慢して」

もどかしい思いをした方が、解放された時の快感が募る。

それは先ほど啓太も経験済みだ。

おとなしそうな啓太にあっさり拒絶され、遼子は泣き顔になった。

「ひどいわあ……アソコが燃えそうやけん……」

ヒップを左右に振るたびに、股間から淫らな匂いが振りまかれた。チラリと遼子の下半身を見ると、大きく開いた股間から、きらめきながら愛液が垂れて、シーツに半円の染みをつけている。

「パイズリで興奮して……エッチすぎるよ」

その様子を見て欲情に火がついた啓太は、腰を振るピッチを上げた。

そして少し強めに腰を送り、亀頭がすっぽり遼子の口内に入るようにする。

グチュ、カポッ、グチュ、カポン……。

淫らな音があたりに響く。

「ふんっ……んんっ……ほひ、ほひいっ」

舌で先走りを味わいながら、遼子は額に汗を浮かべていた。

愛液の匂いはさらに濃くなり、遼子の発情を伝えている。

啓太も、パイズリで十分な快感を受け取った。次は蜜肉で愛欲に塗《まみ》れたい。

「さっきは騎乗位だったから……今度はバックにしようか」

啓太が降りると、遼子は素直にうつ伏せになった。

そして尻を突き上げ、挿入を待っている。全身汗まみれで、両手を縛められた女性が尻を振って誘う姿など、そうそう見られるものではない。

「遼子さん……最高にいやらしいよ」

啓太はため息まじりに囁くと、亀頭を淫裂にあてがった。

「はああんっ……それ、それなのっ。それが欲しいのっ」

淫裂に先が当たっただけで、遼子が感じ入った声を漏らした。

肉裂が、亀頭を出迎えるようにヒクついてくる。啓太は若い蜜襞を味わうように、ゆっくりと腰を進めていった。

「おお、いいっ……で、でも……もっと速く入れて……」

遼子が苦しげに囁く。啓太の挿入のスピードは、ゆっくりだった。

ズブリ、とはいかずに、熱い湯につかるときのように、そろそろと進んでいく。

柔襞が、速い突きを求めるように蠕動していた。

「さっきは嵐のようなセックスだったから、今回は俺のペースで味わわせてよ」

「いやあ……そんないじわる、ダメ……」

遼子が年相応の甘え声を出す。深い結合を求めて遼子が白桃を後ろに突き出すが、啓太はそのぶん腰を引いた。

これでは、結合が強くならない。もどかしさに、遼子は泣き声を出した。

「ああんっ、まだ半分も来てないのに……オマ×コ、へ、変になりそう……」

焦らされることに不慣れなせいか、これだけで遼子は感度が上がっていた。

感じているのは、啓太も同じだ。

(ゆっくり動くと、締まりがキツくなって最高だ)

柔肉からの快感をじっくり味わっているので、先走りがとめどなく出ている。

呻き声をあげながらじわじわと挿入して――啓太は遼子の最奥に到達した。

「ほおぉっ」

突かれた瞬間、遼子の肌は桜色に染まり、背中にもみっしり汗が浮いていた。

緩慢な挿入のもたらした快感を示すように、結合部から滴る本気汁は粘度が増し、濃厚な匂いとともに啓太の陰嚢と寝具を濡らしている。

「丸くてきれいなお尻だ……」

すぐにでも動き出したいが、あと少し遼子を焦らしたい。

汗まみれのヒップを撫でて照り光らせると、我慢できなさそうに遼子が肢体をくねらせた。

「お願い、思いっきり突いてっ。もう無理なのっ」

遼子が叫ぶ。啓太も限界だった。

ズンッ！

内奥にある子宮口をえぐるように深い突きを繰り出した。

「ああんっ、それなのっ」

啓太は肉棒を亀頭だけ膣内に残す程度に引き、そしてまた子宮を揺すぶるように勢いよくピストンをする。

グチュ、ヌチュ、グチュッ！

本気汁がかき出される音が淫靡《いんび》に鼓膜を刺激する。

「すごい濡れ方だ……シーツどころじゃなく、布団までグッチョリだよ」

「こんなにうちをおかしくさせたの、啓太さんじゃないっ、はんっ、あんっ」

上半身を床に押しつけるようにして後ろから貫いているので、遼子の乳房はつぶれ、律動のたびに形を変えていた。ピストンのたびに波打つヒップも、形を変える乳房も、ペニスを咥えて蠢く淫唇も、すべてがいやらしい。

その姿を見るうちに、淫らなアイデアが浮かんだ。

「阿波踊りで鍛えた腰づかい、バックでも見せてよ……」

遼子の手首を縛めている帯をほどき、両手を自由にした。

啓太は律動を止めていた。それはそれで切ないのだが、遼子の夜の阿波踊りを披露してもらいたくなっていた。

「おにーさん、エッチねえ」

遼子が肩越しに微笑む。二十歳とは思えぬ、妖《あや》しい微笑みだった。

啓太もノッってきた。スマートフォンを取り出し、動画再生サイトで阿波踊りの様子を流す。部屋に、阿波踊りのお囃子《はやし》が流れていた。

「ああ、これが流れると、体が動いちゃうっ」

ブチュ、グチュ！

ボリュームのあるヒップがお囃子に合わせて前後する。

汗と愛液を散らしながら動く若尻の迫力といやらしさ、そして躍動感あふれる膣の動きに啓太の口はだらしなく開いていった。

(阿波踊りのお囃子をかけたら、うねりがすごい……)

背筋を射精欲が何度も駆け抜ける。軽快なリズムに乗って、張りのあるヒップが揺れ、ペニスを責め立ててくる。

「あ、阿波踊りのお囃子、エッチのBGMにも最高やね……あ、ああんっ」

腰を揺らしながら、遼子が喘ぐ。

啓太も受け身ではいられなくなっていた。腰をつかんでペニスを繰り出す。

肉と肉、粘液と粘液がぶつかり合い、パンパンッと音を立てていた。

「は、はぁっ、おにーさん、速いっ……そんなに動かれたら、あうっ」

阿波踊りのピッチに合わせた律動は、ラッシュ並みのスピードだったらしく、遼子の息が上がっている。

「阿波踊りで鍛えているなら、もうちょっと我慢できるだろ」

反り返ったペニスで子宮口をつつきながら、啓太が告げると、遼子が頭を振った。

「あ、阿波踊りで足腰は鍛えたけど……アソコは鍛えとらんもの……あ、ああぁっ」

遼子の四肢が震え、背筋が大きくしなる。内奥の動きが激しくなっていた。

「阿波踊りがもう終わりだなんて残念だ……でも、こっちもイキそうだ」

パンパンパンパンッ!

遼子の上体がガクガク揺れるほど抜き差しを激しくする。

遼子も、負けじと腰を後ろに送ってペニスを出迎えてきた。

「ひっ、ひっ、ひっ、ひっ、いい、イク、うち、もうっ……い、イクうう！」

若尻がきゅんとすぼまった。襞肉全体がペニスを圧搾してくる。

快感で、啓太のつま先から頭の先まで鳥肌が立った。

「こっちもだ……イク……」

「中に、うちの中にいっぱいちょうだいっ」

遼子の声を聞きながら、啓太は欲望を解き放った。

ドクドクドクッ……！

肉棒が跳ね回り、内奥に白濁液を注いでいく。

「ひゃうっ、うち、熱いのでまた……イクううっ」

切れぎれの叫び声をあげながら、遼子は雄の欲望をすべて受け止めた。

4

「おにーさん、エッチ上手だわぁ」

「初めてだよ、そんなこと言われたの」

啓太は半身を起こして、テーブルにあったペットボトルを手にとる。

「えっ……普段から遊んでないの」

遼子が驚いた感じで尋ねてきた。

「まさか。見ればわかるだろう。遊び慣れてないよ」

喉が渇いていたので、啓太はミネラルウオーターを飲んだ。

すると、遼子がにやっと笑った。

「じゃあ、アナルセックスは経験ないね」

啓太は水を噴き出した。

「おにーさん、何してんのっ」

「あ、アナル……」

二十歳の女の子の言葉に、不意をつかれた。

「うち、好きものじゃけん、前の彼氏とはフルコースでしとったんよ」

「フルコースって……」

「オマ×コしたあとのアナルよ」

飲んでいるのは水のはずなのに、啓太はテキーラを一気飲みしたように頭の中がクラッときていた。

「おにーさん、アナル、嫌い？」

「嫌いも何も、経験ないからわからないよ」

「じゃあ、経験させてあげる。おにーさんが阿波踊りプレイでうちをいっぱいイカせてくれたお礼に、アナル童貞捨てさせてあげる」

遼子の言葉に、啓太は目をしばたたかせた。

思わぬ提案にうれしさよりも、戸惑いの方が大きい。

「アナルって準備とかいろいろいるでしょ……お尻だし、だから、その」

「だいじょーぶ、うちはいつでも準備しとるから！」

そう言って、遼子は仰向けになると、足を開いて股間に指を入れた。

クチュ……チュ、と音を立てて内奥から愛液と精液をかき出している。

「うん……あふっ……」

遼子がショートヘアを振り乱しながら、指を抜き差しさせている。二度も射精をして、疲れているのに——その様子を眺めていると肉棒が息を吹き返していた。

「はうっ……あんっ……」

遼子は、蜜穴から出した愛欲のカクテルを淫裂の下の穴に塗り始めた。

後ろの穴は愛撫になれているのか、すぐにほぐれていった。

両手の指が、蜜穴と肛門にそれぞれ呑み込まれていく。

(これ、二穴プレイってやつだよな……)

アダルトビデオでは見たことがあっても、実際に目の当たりにするのは初めてだ。

啓太は食い入るように見つめていた。

「おにーさんも手伝う?」

遼子が蜜穴の指を抜き、フェラチオするように舐めた。左手の指は肛穴をほぐしている。断る理由などない。啓太は遼子にのしかかった。

そして、肉裂に指を挿入する。

「ふぁっ……」

ビクン、と遼子の肩が震えた。

啓太が指を二本抜き差しさせると、肛道との間にある薄壁が蠢くのを感じた。肛道で動いている遼子の指だ。

啓太はゾクゾクしながら、指を薄壁の方に押しつけた。

「あくうっ……そこ、そこお……ああ、あふうっ」

遼子が激しく反応した。M字に開いた股の間から、ブシュッと音を立てて愛液が出た。二穴でそれぞれ指が動き、薄壁からの快感で、達してしまったらしい。

（お尻に指を入れたまま、オマ×コをいじくると感じるなら……）

啓太は指を引き抜いて、いきりたった肉棒を秘所にあてがった。

「え、おにーさん、いまはアナル……あ、あおおおっ」

遼子が雄叫びのような声をあげる。

肛門で自分の指を咥えたまま、啓太にペニスで貫かれて、遼子はまたイッていた。

「ひ、ひうっ……」

ビクビク痙攣し、のけぞっている。

「お尻に入れる前に、俺のモノもお汁で湿らせた方がいいよね」

啓太は抜き差しを始めた。ペニスを動かすたびに、肉壁を隔てた向こうにある遼子の指が刺激をもたらしてくる。背中に快感の汗が浮いていた。

（お尻の穴でセックスなんて考えたこともなかったけど……）

遼子の喘ぐ姿と、アヌスからペニスに伝わる快感のせいか、初めてへの恐怖は薄れていき、かわりに淫らな期待が募っていく。

「おにーさん、うち、もう我慢できんの……」

遼子が苦しげに囁いた。股間は愛液と精液が混ざったカクテルでぬめり、蜜壺から溢れたそれがアヌスの潤滑剤がわりになっていたようだ。

指が大胆に動き始めて、肉壁越しにペニスをくすぐってくる。

「俺はここ初めてだから、教えてくれるかな」

ここは慣れている遼子に従った方がいい。排泄の穴はそもそも性交用にはできていないのだから、無理をしたら遼子の体を傷つけてしまう。

啓太はペニスを引き抜いて、遼子の後ろ穴に近づけた。

「うちがほぐしたから……ゆっくり入れて……」

遼子がペニスをつかんで、自分の肛門にあてがった。

愛液と精液で濡れた肉のすぼまりに亀頭を押しつけると──。

少し抵抗があったが──肉門が割れて、先端を呑み込み始めた。

「おお……おおお……」

強い圧搾に、啓太は声をあげていた。

ヌル……ヌプププ……。

蜜穴とは違う音を立てて、ペニスが入っていく。

亀頭がすべて肛道に収まった。中は蜜穴よりも少しゆとりがあり、温かかった。

「太い……おにーさんの気持ちいい……」

遼子が啓太の背に手を回し、抱きついていた。たわわな胸が、啓太の胸に密着する。

啓太の心拍数は途轍《とてつ》もなく速くなっていた。

人生初のアナルセックスをしている興奮と、快感のせいだ。

「こっちもいい気持ちだ……遼子さん、アナルを教えてくれてありがとう」

啓太が素直に言うと、遼子が顔を赤らめて目をそらした。

「う、うちがしたかっただけなのに、お礼されたら照れるっ」

変なところで純情だ。そこがまたかわいかった。

「二人で、もっと気持ちよくなろうよ……ねえ、このまま動いて大丈夫かな」

遼子がこくりとうなずいた。

「少しゆっくりにして……」

啓太は遼子の言うとおりにペニスを進めた。蜜穴と違い、奥にいっても何かかが当たるということはない。肛穴は肉棒の付け根をリズミカルに締めてくる。

初めての快感がたまらず、啓太は本能的に腰を動かしていた。

「あうっ……動いてっ……るっ……」

遼子が喉を晒した。啓太は恍惚とした様子で快感に浸る遼子を眺めながら、肉棒をゆっくり引き抜いていく。カリ首のところまで引くと、それからまた押し戻した。

「遼子ちゃんのオマ×コもお尻も、とてもいいよ……こんぴらさんの思い出は、遼子ちゃんの二つの穴になっちゃうな」

啓太が囁くと、遼子が顔を振った。

「そんな恥ずかしい思い出、ダメ……うちのアソコなんて……」

遼子の顔がどんどん紅くなる。胸に当たる乳首もコリコリしていた。

羞恥《しゅうち》をかきたてられ、感度が上がっているようだ。

その証拠に、蜜穴からとめどなく愛液が溢れて啓太の下腹を濡らしている。

「思い出にしたらダメ？　こんなにいいオマ×コとお尻の穴なのに」

啓太が予告もなく蜜穴に指を二本入れた。

「あんっ……ダメなの。両方はダメ……あ、あうっ、イイッ」

薄い肉壁を指とペニスで挟むように刺激すると、遼子の蜜穴からどっと愛液が噴き出た。ピュピュッと音を立てて出るので、啓太の肘から下まで濡れている。

執拗《しつよう》に蜜穴の愛撫をすると、後ろ穴の締まりもキツくなってくる。

「おお、お尻がヒクつく……遼子ちゃんにチ×ポが食べられてるよ」

「あうっ、うち、おチ×ポ食べてないのっ。啓太さんがうちをおかしくしてるのっ」

遼子はひしっと啓太に抱きつき、真っ赤になった顔を胸にすりつけた。

恥ずかしがるほどに、アヌスの締まりはよくなってくる。

啓太は歯を食いしばりながら、後穴で抜き差しを続けた。

（初めてだからか、心のどこかでいけないと思っているからか……すごい快感だ）

ゆっくり律動しなければ傷つけてしまう――そう思っていても、気持ちよさに煽られて動きが激しくなってしまう。

「遼子ちゃん、ごめんっ、体が勝手に動いて……」

「だ、大丈夫。うちのお尻もおにーさんに慣れてきたから動いて。いっぱい動いて」

遼子のその言葉で、啓太をとどめていた糸が切れた。

性器でのセックスのように抜き差しのピッチを上げていく。性器とは違う、後ろ穴のキツい締まりに啓太は酔っていた。

「すごくいいよ、遼子ちゃん」

「うちも、いいっ……久しぶりでお尻が喜んどるのっ」

ヌッチュグッチュ、クッチュ……。

和室には遼子の後ろ穴が立てる淫らな音が響いていた。すでに二度発射したので、今度はもう少し持つかと思ったが、アヌスの快感は想像以上だ。

「うおっ……おお……俺、イキそうだ」

啓太はラッシュをかけていた。啓太のペニスの太さにも馴染んでいた遼子の後ろ穴は、そのラッシュを受け止め、快感に変換していく。

「うちも、はぁ、あんんっ、お尻も、アソコも、よすぎてっ」

下腹に熱い塊《かたまり》が集まり、すぐにでも解き放てと啓太に囁いてくる。

啓太は、少しでも長くこの愉悦を味わうために我慢しているが、いつ発射してもおかしくないほど興奮していた。

「ねえイッて……おにーさん、イッて……じゃないと壊れちゃうっ」

遼子が荒い息を吐きかけながら、啓太に訴える。

その声が、その表情が啓太を狂わせた。

啓太は蜜穴の指でGスポットを刺激して、同時にペニスでも後ろ穴を責め立てる。

「ひい、いいっ、ああんもうだめ、うち、うちもう……イクイクイクううっ」

遼子が下腹を突き上げ、のけぞった。

ブシュッと音を立てて、啓太の顔にまで噴き出た潮がかかる。それと同時に、アヌスもキツい食い締めをした。

「おお……もう無理だ……イク……出すぞ」

啓太は尻をぶるっと震わせた。

三度目の射精量は少ないと思っていたが、後ろ穴での興奮のせいか、肛肉の襞を埋めるほどの量が放出された。

「ああんっ、お尻でいっぱい浴びてるっ……いい、いいっ」

ガクガクガクッ！

遼子は尻で欲望汁を受け止めながら、何度目かの恍惚境に達していた。

「はぁ……うち、もう動けない……」

遼子は口の端から涎を垂らしたまま、啓太のキスを求めてきた。

激しい行為に喉がカラカラだった啓太は、遼子と唇を重ね、唾液をすすった。

「おにーさん、もうちょっとこのままでいて。またバイトでエッチできない生活になるから、太いのをしばらく味わっておきたいの……ん？　また中で大きくなってる」

「アナルセックスが気持ちよくてさ……ねえ、またいいかな」

「うちが、嫌って言うと思う？」

汗みずくの遼子が不敵に微笑む。

今夜もまた睡眠不足になりそうだが――この快楽を手放す気はなかった。

啓太が律動をはじめると、遼子は甲高い嬌声《きょうせい》を放った。

第三章　再会の道後温泉

1

（歴史のある温泉はいいもんだ）

啓太は道後《どうご》温泉本館近くの、町家をリフォームしたカフェに入っていた。

湯上がりでほどけた体に、茶菓子の甘さと抹茶の苦みがちょうどいい。抹茶を飲みながら、店内を眺める。低めの板張りの天井や落ち着いた色の壁は昔風で落ち着ける。

できれば道後温泉本館の二階休憩所で、坊っちゃん団子とお茶を楽しみたかったが、道後温泉は補修期間に入っているので休憩室は閉鎖されていた。

（重要文化財の湯船に入れたのでよかったとするか……）

道後温泉は骨折の古傷にも効いた。冬になると怪我をした足に寒風が染みるのだが、温泉から出て街を歩いても足は痛まない。

抹茶を飲みほしたところで、阿久津からＬＩＮＥが来た。

——アンパンマン列車、どうでした。

啓太は返信した。

——阿久津君が言っていたとおり、楽しい列車だったよ。

そう本文を書いて、アンパンマン列車の車内の様子を撮影した動画を阿久津に送った。すぐに既読がつく。

——ひなびた電車も味がありますけど、こういうカラフルなのもいいですよね。

と、返信が来た。

乗り鉄旅中の阿久津は在来線を乗り継いで、今は新潟にいるらしい。

——あの入院がなければ、俺もアンパンマン列車に乗ろうと思わなかったよ。

——思いがけないことで人生変わりますよね！　動画ありがとうございます！

阿久津の言葉で、幸運続きで感じていた不安が消えていった。

(思いがけないことで変わる……少し変わったのかも、俺)

骨折がなければ阿久津と出会わなかったし、旅にも出ていなかった。

旅に出た途端、素晴らしい出会いがあった。

啓太は遼子と一夜を過ごしたあと、予讃線《よさんせん》でアンパンマン列車に乗って松山《まつやま》へ向かった。

アンパンマン列車の乗車を待っているときは、自分は場違いではないかと内心落ち着かなかった。まわりはほとんどが子ども連れで、小さな子は目をキラキラさせて今か今かと列車の到着を待っている。

（この子どもたちみたいに楽しめるかな……）

しかし、いざアンパンマン列車が近づいてくると、その懸念は消え去った。

入線したアンパンマン列車を目の前にして、賑《にぎ》やかな声があがる。

啓太のテンションも上がった。

スマートフォンのカメラを列車の外観や車内の至る所に向けてシャッターを押す。

キャラクターが至る所に描かれていて、思った以上に楽しい。

同じ車輛に一人で乗車したサラリーマンがいた。彼は普通の特急と勘違いして指定席をとったようで、傍目《はため》にも困惑しているのがわかる。

（この人は、ちょっと前の俺なのかも）

移動のスピードと快適さを求めて特急指定席を予約したのに、アンパンマン一色の特急に乗るハメになったら、啓太も間違いなく戸惑うだろう。

アンパンマン列車の内装やキャラクターのアナウンスを楽しんでいるうちに、松山についた。松山駅からは路面電車で道後温泉に向かった。

道後温泉は駅からすでに落ち着いた色調だった。

浴衣で行き交う客、走り回る人力車。観光地らしさはたくさんあれど、浮ついたところは少ない。啓太は、松山がすっかり気に入っていた。

(今晩は旅館の食事処で会席料理《かいせき》。豪華な旅行だ……旅館の風呂もいいし)

そう思うと、宿泊している旅館の檜《ひのき》風呂に入りたくなった。

カフェの会計を済ませ、啓太は外に出た。

と、髪をなびかせて歩く、恵とよく似た女性とすれ違った。

(まさかな……)

啓太はそう思いながら、旅館へ向かった。

2

「佐田さまですね。お待ちしておりました」

食事処の受付に名前を告げると、広い食事会場を案内された。

仲居のあとを歩いていると、向こうから浴衣姿の女性が来た。

部屋に戻るのだろうな、と思ってすれ違ったとき――。

二人同時に声をあげた。

「あなた」

「まさか」

目の前に恵がいた。旅館の浴衣姿で、髪はクリップでアップにしている。

湯上がりでも薄化粧を欠かさないのは性分なのだろう。

「ご飯はこれからですか?」

「もう食べたの。あとは部屋でのんびりする予定。じゃあね」

そう言うと、恵は歩き去った。

もう少し立ち話をしたかったけれど、恵は振り返る様子もない。

少し残念に思いながらも、啓太は仲居のあとをついて席に向かった。

晩餐《ばんさん》が始まった。

食前酒を一杯飲んで、先付けに箸《はし》を運ぶ。瀬戸内の海鮮の風味を損なわない味付けで、一口ごとに滋味が広がる。食事処にはゆったりとした時間が流れており、啓太は手間暇をかけた料理をじっくり味わった。

特に、生の鯛を使った南伊予風鯛飯は絶品で、また食べたいと思う味だ。

腹がいっぱいになると、今度は淫らな妄想が頭の中で広がっていく。

フェリーで触れた恵の肌。汗の香り、切れぎれの声――。

(ダメだダメだ、こんなところで)

股間が熱くなりかけたので、啓太はアンパンマン列車を思い出して欲情を打ち消そうとする。

妄想を振り切ろうと必死になっていた啓太に、仲居がデザートを持ってきた。

「こちら、先ほどのお客様からです」

デザートに一筆箋《いっぴっせん》が添えられていた。

そこには、部屋番号と名前だけが書かれている。

(恵さん……!)

デザートを慌てて食べると、飛ぶようにその部屋に向かった。

啓太は、目的の部屋のチャイムを押した。

ドアが開く。そこには浴衣姿の恵がいた。

「私、フェリーであなたに行き先を話してなかったよね」

「こっちも行き先は言ってなかったです。だから、偶然なんですよ」

それを聞いた恵が、ふっと微笑んだ。

「こんなこともあるのね。さ、どうぞ、入って」

部屋には、もう布団が敷いてあった。それを見て、啓太の股間に血流が集まる。

「何か飲む？」

広縁のソファを進められた。ソファ前のテーブルには、ビールの入ったグラスと瓶ビールがある。

「俺は水でいいです」

恵が冷蔵庫からミネラルウオーターを出して、グラスとともに啓太の前に置いた。

「おかしいな……」

ソファに腰かけた恵が、啓太をじっと見ている。

「何がです」

ミネラルウオーターを飲みながら、啓太は聞いた。

恵が身を乗り出し、啓太を見つめている。浴衣の帯が緩めなのか、浴衣の襟から胸の谷間がのぞいていた。視線は自然とそこに引き寄せられる。

「啓太さん、こんなに落ち着いた人だったかなって」

「もともと浮ついているタイプじゃないですよ」

「そういう意味じゃなくて、フェリーの時より、女慣れしてる感じするの。まさか、昨日も誰かとしたの」

啓太の目が丸くなった。女の勘は鋭いというが、本当にそうだとは思わなかった。

「ああ、当たりね。もう、やるじゃない。こっちなんか、昨日はくたくたで男を引っかけるどころじゃなかったのに。ずるーい」

「ずるいも何も、成りゆきでそうなっただけで」

「がっつかない感じがいいのかも。ねえ、そっちが嫌じゃなければ……どう」

まだ旅行に出て三日。そして、その間に女性から三回迫られている。

(いったい、何なんだ……いままでと何が違うんだ。違うといえば——)

まさか阿久津のくれた『幸福きっぷ』のおかげだろうか。

普通ならこの僥倖《ぎょうこう》を喜んで享受するところだろうが、幸運の連続のあとに大きな落とし穴が待っている気がして、素直に喜べない。

「何でかたまってるの。また後腐れなく、楽しみましょうよ」

恵が唇を寄せてきた。啓太は、その唇を受け入れていた。

すぐに啓太はテーブル越しだと物足りなくなり、広縁から和室へと恵を導いた。抱き寄せて唇をまた重ねる。

恵の手が、啓太のペニスに伸びていた。下着の中に手を入れ、へその方を向いた男根を扱いている。恵が、ふっと微笑んでから、床に膝をついた。

そして、口を開いて啓太の肉棒を咥えた。舌先を動かして、男根の形と味をたしかめると、今度は頭を前後させる。

「たった一日エッチしなかっただけで、自分からしゃぶりついて」

恵は目で笑って、強く吸引した。イエス、ということだろうか。

「おいひい、おひんぽ……むっ……ちゅるっ……」

うっとりした様子で囁きながら、口淫は続く。恵が、髪をまとめていたクリップをとった。柔らかな薄茶色の髪が、はだけた浴衣の肩あたりに広がる。

啓太は恵の髪に指を絡ませ、感触をたしかめていた。

フェリーで一夜をともにした夢のような女性――その女性ともう一度体を重ねられる幸運を啓太は感謝した。この先、トラブルに巻き込まれても、不運を呪うまい。

(それくらい、素敵な女性とセックスできるんだから)

指に絡めた毛先で、頬や首筋をくすぐると、恵の鼻息が熱くなる。

「恵さん、お口でより、本当は別なところで俺をじっくり味わいたいんでしょ」

啓太がそう言うと、恵がペニスを口から抜いた。

「バレちゃったか……」

恵が立ち上がり、ふらふらと床の間の方へ歩いていく。床の間の柱に背中を預けると、潤んだ目で啓太を見た。

恵が自分で左足を抱えて、持ち上げた。ぬちゃ……と音を立てて蜜裂が開く。

「立ったまま……して……」

恵は下着を穿いていなかったので、欲情した女裂が丸見えだ。

啓太は、浴衣と下着を脱ぎ、全裸になった。反り返った股間を揺らしながら、恵の方へ歩いていく。恵の視線は、血管を浮かび上がらせた男根に据えられている。

「アソコが物欲しそうにぐちょぐちょですよ、恵さん」

見せつけるように開かれた女裂からは、透明な雫が溢れ、草叢で輝いている。

啓太が切っ先を蜜壺にあてがうと、恵が頬を染めてうなずいた。

「お口でおいしいオチ×ポを味わったらアソコから涎が出ちゃったの」

「スケべだな、恵さんは」

と言うやいなや、啓太は腰を鋭く突き上げた。

音を立てて蜜が飛び散り、淫裂が割れる。フェラチオをしただけで、秘所はほころんでいたらしく、前戯なしでも、あっさり挿入できた。

「あ……いい、硬いの。これ、これなのっ」

恵が啓太の背に手を回して、きつく抱きしめた。

弾力あるバストが啓太の体に密着する。啓太は、屹立した恵の乳首と、己の乳首が当たるように体の位置を調整した。そして——。

「はぁんっ、いい、奥に来てて……いいっ」

啓太は立ったまま、抜き差しを始める。

文人墨客《ぶんじんぼっかく》が泊まった旅館の床の間の柱に女体を押しつけて、交わるなんてまずいのではないかと思いながらも、啓太は興奮を止められない。

「俺のチ×ポに当たってますよ、恵さんの子宮が」

興奮で下りてきたのか、立位だからなのかわからないが、肉ざぶとんのような子宮口が、切っ先をくるんでいた。

「体位がこれだと当たるのっ、あんっ……んっ」

立位だとダイナミックに腰は送れないが、絶え間なく亀頭が子宮口に食い込んでいるので、少しの律動でも女体に与える喜びは大きいようだ。

恵が柱に頭を預けて、快感に身を任せている。

「子宮が揺れて……お腹が熱くなっちゃう」

トロンとした目で、恵が啓太を見た。体を重ねる前は意志の強そうなまなざしの恵が、快楽に溺れた途端、蕩けきった表情に変わる。その変化を見つめられるのは、こうして恵を貫いた男だけ――この一夜が最後だとしても、この幸運を啓太は手放したくなかった。

「もっと中を揺らしてあげる」

恵の体を支えている右足は、内ももから足首まで愛液で照り光っていた。その右足を啓太は抱えて持ち上げた。恵は両足を持ち上げられ、柱に預けた上半身と、啓太のペニスで体を支えている姿勢になった。

「はあっ……あああんんっ……」

立ったままの正常位――そのうえ、恵の自重も加わって結合が深くなる。

恵の肢体がSの字を描き、頭が柱にぶつかる。しかし、快感に圧倒されている恵は、気にする様子もなく体を震わせていた。

「なに、これ。すごいっ……」

眉根が切なげに寄る。その表情がまた啓太の欲情をそそった。

啓太は愉悦に浸る恵の唇を吸いながら律動をはじめた。

ヌチュ、ニュッ、パンッパンッ！

湿り気のある音が和室に響く。

「んっ、んっ、んっ」

恵の白臀が上下するたび、合わせた唇から甘い声が漏れていた。男の本能を痺れさせる声と吐息だ。昂りを抑えられない啓太は、恵のつるんとした尻をつかんで、左右に開いた。グチュ……音を立てて尻が下がり、結合がさらに強くなる。

「おほうっ、くううっ……いいっ」

恵が、耐えられないと言わんばかりに髪を打ち振った。

交わって間もないのに恵の肌は濡れていた。灯りをつけたまま交わっているので、白い肌に浮いた汗が、ダイヤをちりばめたように光る。

「恵さんはたった一日で欲求不満になっちゃったんですか」

そう言いながら、ペニスでグイグイ子宮を押し上げる。

恵は、ただ首を縦に振っていた。言葉を紡ぐことすら難しいようだ。

結合部からの愛液で、恵が深く感じているのはわかっていた。

「ずるい……子宮グリグリしたまま言葉でいじめるなんて……」

恵が背筋をぶるっと震わせた。啓太にそんなつもりがなかったのに、恵がそれほど反応したということは——核心をついていたのだろうか。

「この程度で参っちゃう人じゃないでしょ、恵さんは」

啓太は尻をわしづかみにたまま、強く腰を送った。

反り返ったペニスが膣道の尿道側を擦《こす》るように抜き差しを繰り返すと、恵が啓太にしがみついてきた。

「ひっ、ひっ、いいっ」

パン、パン、グチュ、チュッ！

高級旅館の部屋に、女裂が放つ淫猥な音が響く。振り落とされるのを恐れるように、恵が啓太の首を抱く力を強めた。二人の熱い肌が密着し、汗でぬめっていく。

「一日しないだけで欲求不満になるなんて、相当淫乱なんですね」

挑発するようなことを告げると、恵はぶるっと身を震わせた。

「違う。そんなのじゃ……あんっ、あんっ」

揺れる双乳の先はしこり、首筋から足先まで何度も痙攣している。

抜き差しのたびにかき出される愛液は、白濁して泡だっていた。

「違わないじゃないですか。オマ×コから本気汁がたっぷり出てますよ。自分の体だからわかるでしょう、音も、オマ×コ汁の匂いもエッチになってるのが」

「くううっ……ううっ……」

恵は反駁《はんばく》するような声をあげながら、額を汗で濡らしている。

細い腰は律動に合わせて動き、さらに深い快感を得ようとしていた。

恵が動くと肉壺もうねり、脳天まで突き抜けるような快感が男根に襲いかかる。

(すっごい、締まりだ……)

パンパンパンパンパンッ！

はじけるようなラッシュの音が結合部から放たれる。

「あんっ、あんっ、あんっ、そんなにグリグリしないでぇっ」

恵が尻を振りながら叫ぶ。

Gスポットへの刺激と、子宮口への突きで恵も追いつめられていた。

汗と愛液で肢体をしとどに濡らした、恵が体をうねらせ、喘ぐ。

「しーっ。恵さん、声が大きいですよ。隣の部屋の人に聞かれたら困るでしょ」

その言葉で、恵が唇を噛んだ。

名旅館で、はしたない声を振りまくわけにはいかない、と思ったのだろう。

「じゃあ、普通にして……こ、この体位だと感じすぎちゃうっ、はんっ」

恵が訴える。整った鼻先にも汗が浮いていた。

胸は大きく波打ち、喉奥からの吐息に、官能からの甘さが混じっている。

快楽のために蕩けきった顔になっていた。

「じゃあ、優しくしますよ……」

啓太は恵の頰にチュッとキスをして、動きを止めた。

恵も、絶え間ない快感から解放されて一息ついたようだ。

しかし、恵の体から力が抜けるのを見計らって——啓太は律動を再開した。

「ほお、おおおっ！」

啓太が、声、と指摘すると、恵が唇を真一文字にして、声を抑える。

恵の目が、どういうこと、と訴えている。

啓太はその目を見つめたまま、柱に打ち付けるようにピストンを強める。

「ひいいいいっ、いいい、いいっ」

汗の浮いた大ぶりのバストが揺れる。

M字開脚のまま立位で突き上げられた恵の背が弓なりになった。

バランスを崩さないように啓太は気をつけながら、恵をペニスで追いつめる。

「イキそうなんでしょ。我慢しないでイケばいいじゃないですか」

こんな幸運は続かない。恵とはきっと今夜で最後だ。だから、遠慮はなしだ。

（恵さんをもっと喜ばせたい。そして、俺もまた恵さんの腕の中でイキたい）

啓太は肉棒で子宮を連打した。

チュ、ヌチュ、ヌチュヌチュ！

凄《すさ》まじく淫らな音が耳を打つ。

「あん、あんっ、あんっ……イク……イクイクイクッ」

恵が無意識に腰をくいっと突き出した。啓太の亀頭が、子宮口にぶち当たる。

子宮口を突く啓太にも鮮烈な快楽が押し寄せた。

亀頭をくるむ肉ざぶとんの愉悦に、欲望が決壊する。

「ひゃんっ……あんんんんっ……い、イクううう！」

ビュルッ……ビュルルルッ！　ドピュッ！

勢いをよく牡汁を注がれた恵が、蜜穴をキュッと引き絞る。

「熱い。いいっ。もうだめぇ！」

恵の秘所から潮が噴き出て、二人の腹を濡らした。

「いい、恵さんのオマ×コの締まりが最高だ……おおっ、まだ出る」

啓太は最後の一滴まで、恵の中に注ぎ続けた。

3

「喉が渇いちゃった」

恵が立ち上がり、喉を鳴らしてミネラルウオーターを飲んでいた。

先ほどまで生まれたままの姿で交わっていたのに、恥じらって浴衣を羽織っているのがかわいらしい。

「さっき、下のお口でたっぷり飲んだのに、喉が渇くんですか」

啓太は背後から抱きつき、たわわな乳房を揉み上げる。

「いまは休憩中なんだから、ダーメ」

そう言って恵がまた水を口に含んで、啓太の方を向いた。

啓太が唇を重ねると、口内に冷たい水が流れ込んでくる。恵の唾液まじりの甘露な水を飲みほすと、自然とキスが始まった。

「んっ……ちゅ……んんっ……もうっ」

恵が唇を離す。

「せっかく、庭園が見える部屋にしたのに……見る暇がなくなっちゃった」

浴衣の前を合わせて、恵は窓の方へ行った。激しく達したせいで、足下がふらついていた。

「あんっ、もう」

広縁に行く途中で恵は床に置いていたポーチにぶつかった。その拍子にファスナーが開いたままのポーチから中に入っていたものが出た。

そこから出てきたのは、バイブレーターにピンクローター。

いわゆる、大人のおもちゃだ。

(アダルトビデオで見たものが、本当にあるんだ)

初めて見たので、妙なところで興奮してしまった。

「あ……しまった！」

恵は慌ててポーチの中に淫具をしまった。

「いまの、忘れて」

そんなことを言われても、二つの淫具は啓太の網膜と記憶にしっかり焼き付いてしまった。

「だ、大丈夫です。恵さんが肉食系なのは知っていたので、驚いてませんよ」

啓太が告げると、恵が耳まで赤くした。

あまり動揺することのない恵が、明らかにうろたえている。

「……フォローになってない」

「性にオープンな女性が増えているって、ネットの記事で読んだことあります。だから、気にしないでください」

「気にするって。もうっ」

恵は、顔を手で覆っていた。途端に、口調も様子もかわいらしくなる。かわいらしく恥じらっているが、浴衣を羽織っただけなので、豊乳から草叢まで丸見えだ。そのうえ、太股には愛欲のカクテルが伝っている。

（ギャップがかわいい……）

啓太は恵を抱きしめた。

「昨日はこれでオナニーしたんですか」

啓太は恵の長い髪をかきあげて、耳に囁いた。

恵の白い耳は貝殻のようだ。その貝殻に、口を寄せる。

「昨日、オナニーしたときは、俺とのセックスを考えながら……？」

恵の肩が震えた。耳朶をくすぐられる快感と、恥ずかしさからだろうか。

白い貝殻のような耳は、羞恥からか色が変わり、珊瑚色になっている。

「聞かないで……そうだとしても言えない」

「行きずりの相手なんだから、いいじゃないですか。恵さんのエッチな秘密を教えてほしいな。きっともう二度と会うことはないですよ、俺たち」

啓太は、自分にも言い聞かせていた。

きれいで、淫らで、大人で——こんな素敵な女性とベッドをともにすることはもう二度とないだろう。これは旅の魔法だ。

「そ、そうね……」

恵も落ち着いたようだ。

幸運な出会いも、きっとこれきりだ。だから恵にとっても、啓太にとっても忘れられない一夜にしたいと思っていた。

「さっきのを出してもらえますか」

恵は意外そうな顔をしたが、しかたがないな、という表情を見せてポーチの中からバイブとピンクローターを啓太に渡した。

啓太は浴衣と羽織を身につけた。恵にも浴衣と羽織を着るように促した。

「さっき、庭園が眺められなくて残念だって言ってましたよね。ベランダから見ましょうよ」

「普通に見せる気、ないでしょ」

「一期一会を楽しみましょうよ」

啓太はバイブレーターのスイッチを入れた。

「嫌ならやめますよ」

ヴヴヴヴヴヴ……。

男根状のバイブが音をあげてしなる。

「そこの窓に手をついて……」

啓太が促すと、恵は従った。入れてくださいと言わんばかりに、ヒップを突き出している。啓太は浴衣の裾をまくりあげ、みずみずしい白桃を光の下に出す。

啓太は二本指を白桃の谷間に入れ、陰唇をくつろげた。

「あっ……」

恵が息を吐き、ガラスが白く曇る。

壺口からは、欲望のカクテルがにじみ出て、ポタッと音を立てて滴った。前戯の必要はなさそうだ。

「もう、グジュグジュですよ」

啓太は柔らかい紅襞に肌色の淫具をあてがった。肌色の淫具には、亀頭も青筋も見事に再現されている。いまは一目見て淫具とわからないデザインが女性の間で人気だとネットの記事で読んだことがあるが、恵はいかにもなデザインが好みらしい。

「あんっ、あっ……いいっ」

恵が窓に爪を立てる。バイブの亀頭部分が肉襞を巻き込みながら内奥へと入っていく。淫具が女体に呑み込まれていく様子を見ていると、セックスとは別種の興奮が湧き上がってきた。

(セックスだと、女性のアソコから受ける快感があるから冷静に見られない……でも今は、冷静に女の人のアソコを観察できる。すごい眺めだ)

紅い襞肉が肌色の亀頭に食いつき、今度は竿部分を咥えていた。

ローションは必要なかった。性交時の愛液と精液が、蜜口から溢れてバイブのぬめりをよくしている。凄まじく淫らな匂いが秘所から放たれていた。

「ゆっくりだと、感じるの……あん、んんっ」

吐く息が荒くなり、窓ガラスの白く曇った部分が広がっていく。

「オナニーの時は焦らさずに、ズブッとやるんですか」

「あんっ、んんっ、聞かないでっ。オナニーの話は恥ずかしい……」

恵が白い尻を振ると、バイブが抜けそうになる。

啓太は慌てて、四分の三ほど呑み込まれたバイブを最後まで押し込んだ。

「あふっ……いいっ……」

恵の膝が、ガクガク揺れている。

足の間からは、ポタポタと白濁した体液が滴っていた。

「恵さん、庭園を眺めましょうか」

啓太は恵の浴衣をまくりあげたまま、掃き出し窓を開けた。

ベランダは思ったより広い。眼下には、歴史ある庭の風情を壊さぬように、控えめなライトアップがされていた。

「寒くないですか」

冬の風が火照った肌を撫でた。東京よりは南に位置するとはいえ、夜風は冷たい。

恵の浴衣の上に、羽織をかけて正解だった。

寒さで肌がチリチリする。しかし、欲情で啓太の体は熱くなっていた。

「き、きれい……」

恵が温泉宿自慢の庭園を眺めて呟いた。

茅葺《かやぶ》きの旧門に、石でつくられた小道、紅葉の時期を過ぎても風情ある楓《かえで》や松といった木々。湯上がりのそぞろ歩きによさそうな庭園が、ベランダから一望できる。

「いい宿だ。恵さんとここで思い出をつくれるなんて、俺は幸せですよ」

啓太は恵の背後に回った。

恵の背中が硬くなる。丸出しの尻を背後から両手でなで回すと、

「あん……」

夜風に、甘い声が流れた。

「声を出したら、近くの部屋の人に聞かれますよ」

啓太は囁き声で言った。その言葉で、恵の尻がひくっと跳ねる。

(これって、羞恥プレイになるのかな……)

周囲に他人がいるかもしれない場所で、淫らなプレイをする大人の遊びがあるのは知っていても——まさかそれを自分が恵とするなんて——。

「バイブを入れたまま、お尻を揉まないで……感じちゃう」

恵が小声で返す。膝がガクガク揺れているのは、寒さではなく、快感からか。

「温まる必要がありますよね」

そう言ってから、啓太はゴクリ、と唾を飲んだ。

尻がむき出しになっている恵は寒かろう。体を芯から温めてやらないと——。

淫らな気持ちと、恵を思いやる気持ちが絡まる。啓太は、バイブに手をかけた。

「ほうっ……」

ズブブブッ……！

バイブを引くと、恵が背をしならせた。

カリ首のあたりまで抜いて、それからゆっくり挿入させる。

ペニスであれば強さの加減がわかるが、道具だとわからない。加減をしなければ恵を壊してしまいそうで怖かった。だからか、抜き差しはペニスの時より緩慢だった。

「くうっ、ううっ……い、いじわるっ」

恵が白桃を振りながら、意外な言葉を放った。

「いじわる……？」

「そんなにゆっくり動かされたら、もどかしくておかしくなっちゃうっ」

蜜汁と白濁液の匂いを秘所から振りまきながら、恵が背筋をよじらせていた。

灯りがわずかなのでわかりにくいが、秘所から溢れている愛液は、先ほどの交合のものではなく、新たに湧き出ていたようだ。

（ここでのエッチに興奮しているんだ）

ようやく啓太は、バイブの柄が蜜汁に塗れ、ぬめっていることに気づいた。

先ほどのセックスの時より感じている――かすかに嫉妬する。

啓太は、バイブの根元にあったスイッチを入れた。

「ふひっ！　あう、うううっ」

バイブが振動し、蜜壺の中で大きくしなる。

恵の白桃から突き出たバイブの柄が、８の字を描くようにスイングしていた。

ベランダの手すりに顔をのせた恵は、口を半開きにして喘いでいる。

「バイブの方が感じちゃう？　いつもオナニーで慣れているからですか」

フェリーであれだけ感じて、先ほども啓太とのセックスで乱れたのに――それよりも淫具で喘いでいる恵を見て悔しさがこみあげる。

恵の目は半開きになって瞼《まぶた》がヒクついていた。開いた唇からは涎が垂れている。

(なんていやらしい顔なんだ……)

バイブだろうが何だろうが関係なかった。

恵にこんな表情をさせるものに嫉妬していた。啓太はピンクローターのスイッチを入れて、バイブが暴れ回る蜜壺の上にある女芯に押し当てた。

「あ……あおおおっ」

恵が尻を振って、喘ぎ声をあげる。思ったより大きな声だったので、啓太は慌てて手で恵の口を塞いだ。しかし、ピンクローターはしこった女芯に当てたままだ。

蜜穴と敏感な女芯への同時刺激に、恵は感に堪えない様子で悶え続ける。

「バイブでこんなにイキ狂うなら、俺なんていらないじゃないんですか」

腰を振って快感から逃げ回る恵の女芯にピンクローターを押しつけながら、啓太は思わず本音を語っていた。

一夜の夢だから、啓太の本音など、覚えているはずのない相手だから――。

だから、言えたのだ。

「啓太さんは必要……だって……一番気持ちよくしてくれるのは、ぬくもりだから」

快感で潤んだ恵の瞳が、中庭の光を受けて揺れていた。

強引で独立独歩な雰囲気の恵が、啓太にすがるような視線を向けている。

啓太はその目を見て、欲情ではない熱が体に宿った。

「欲しいんですか……俺が」

声が上手く出ない。興奮のあまり、喉が渇いていた。

浴衣の前は大きく膨らみ、濡れている。下着を穿いていないので、青筋を立てたペニスから先走りがにじみ、浴衣についていたのだ。

「ちょうだい……啓太さんの太いのを……」

バイブの駆動音を鳴らしたまま、恵がひざまずこうとする。

しかし、その前に啓太は恵をもっと感じさせたくなっていた。ピンクローターを女芯にあてがいながら、蜜壺のバイブに手をかける。

「ああんっ……だめ、だめっ」

恵が啓太の男根に手を伸ばすが、与えられた快感が大きすぎて、金縛りにあったようになっている。

啓太は抜き差しのピッチを上げた。Gスポットを狙ってバイブを抜き差しさせる。

「あん、あん、あんんっ、両方はダメぇえ」

白い息が夜風に浮かび、喘ぎ声が静寂を破る。

他の部屋に聞かれやしないか気になるが、いまは恵を感じさせるほうが大事だ。

ジュッボ、ジュッボ……。

恵の尻が卑猥な楽器と化し、淫らな音を鳴らす。

「ほら、自分でいいところに当ててみて」

啓太は恵にピンクローターを渡した。そして、Gスポットをバイブで責める。

恵はツボを心得ているのか、自分の急所に当てて、甲高い声を出した。

「これを咥えたらおとなしくなるのかな」

啓太が浴衣の前を割って、ペニスをむき出しにした。

恵は上唇を舐めて、微笑んだ。淫らだが、欲望に素直な表情だ。
そこには飾らない美しさがあった。
「大好き……美味しいんだもの」
それはペニスが大好きという意味だ、と啓太は言い聞かせた。誤解してはいけない。
啓太の乱れる心をよそに、恵は穏やかな笑みを目元に浮かべて、唇を寄せた。
「欲情しきった恵さんがどんな風に舐めるのか楽しみだ」
恵の髪をかきあげ、フェラ中の顔がよく見えるようにする。
Oの字に開いた唇が、啓太の男根を吞み込んでいった。
ぽってりとした唇が、溢れた涎で濡れている。知的な相貌だけに、頰をへこませて
男根を吸う顔が、ことさらいやらしく見える。
「むふっ……んっ……おいひっ」
恵は夢中でペニスをしゃぶっていた。
淫具で自慰をしながらのフェラチオでは、舌を使って技巧を施す余裕もないらしく、
本能のまま頭を前後させている。
(テクニックなしでも、気持ちがいい……)
男根にむしゃぶりつく恵を見て、啓太は興奮した。

「あむっ……うんっ」

興奮が肉棒に伝わり、恵の口内でまた膨らんだようだ。

大きな瞳が戸惑ったように揺れ、啓太を見上げる。

「もっとキツく……お口を犯すように、激しくして」

恵からの思いがけない言葉に、啓太の心臓が大きく跳ねた。

「本当に……あとで損害賠償とか要求しないですよね」

恵が吹きだした。

「いい雰囲気なのに、ぶち壊し……するわけないでしょ。バイブで喘ぎまくってるのよ……ねえ、私を好きにして……」

見上げる瞳にはしっかりとした意志がある。恵は、自分の意志で強引なプレイを望んでいるのだ。それほど、欲情しているのだ――。

啓太は、恵の髪に指を絡めて、後頭部をつかんだ。

「じゃあ、お望みどおりに、上下を犯してあげますよ」

恵の頭を己の腰の方へ引き寄せた。

「むぐうっ」

苦しげな声があがる。やりすぎたか、と思ったが、恵を見ると浴衣からむき出しになった尻を、しきりにグラインドさせている。感じているのだ。

喉奥までペニスを押しつけ、それから頭を引く。

(普通のフェラとは違う、妙な感じだ……)

いつもと違う感覚だからこそ、新たな愉悦を得られていた。

女性器のように腰を動かして口で肉棒を抜き差しすると、口内の思いもせぬ場所に当たる。ピッチを上げると、裏筋が快感でほどけていく。

「うおお……これは、すごいですよ」

啓太のこめかみを汗が流れていた。先走り汁がトロトロと先端から溢れていく。

寒風のなか、フェラをされているだけなのに体が熱くなっていた。

口淫の立てる湿った音と、恵の股間で鳴るモーター音があたりに響く。

「むぐっ、むううっ、いい、いいっ」

腰のピッチを上げると、喉を塞がれた恵は一瞬苦しそうな表情になったが、すぐに目元が緩んでいく。口淫のピッチに合わせて、腰を卑猥に振っているようだ。

頭と腰を激しく動かしているうちに、浴衣からたわわな豊乳がこぼれ出た。

(なんて姿だ……もう我慢できないっ)

啓太はフェラを終わらせると、恵の脇の下に手を入れて立たせた。

そして、ベランダの手すりに体を預けさせる。突き出された恵の白桃の間でいやらしい回転を見せるバイブを蜜壺から抜いた。

「このまま、ここでしましょうよ」

夜景を眺めての屋外セックスに、啓太はいつになく興奮していた。

恵が振り向いた。舌を出して、口を開いている。まるでフェラを誘うように。

求めていることがわかった啓太は、バイブのスイッチを切り、口内に入れる。

「んっふううっ」

己の愛蜜がたっぷりついたバイブを、恵は暑い日に食べるアイスキャンディーのようにしゃぶっていた。喉を鳴らして、口元をほころばせている。

口の端から流れる涎が、知的な横顔を淫靡に飾っていた。

「バイブをベランダから落としたら大変だから、ちゃんと咥えててくださいよ」

啓太は恵に囁き、唾液で濡れた男根を女裂にあてがう。

ヌプッ……ヌプププッ!

淫らな水音とともに、ペニスが内奥へ入る。

自慰でほどけた柔肉が、啓太を出迎えた。部屋から漏れ出る灯りだけなのでベランダは薄暗いが、愛液が白濁しているのはわかる。

「もう本気汁を出してる。どこまで淫乱なんですか」

啓太は内奥から垂れた白濁汁を指にとり、汗の浮いた尻になでつけた。汗よりも粘りのある愛蜜が、白桃の上に線を描く。

指で尻をくすぐられた恵が、呻き声とともに腰をうねらせた。

「お尻を撫でられて感じて……本当にいやらしい」

啓太は両手でたわわなバストをわしづかみにすると、腰を送り始めた。

バックならではの乾いた音が闇に広がる。

手のひらからこぼれる豊乳の感触を楽しみながら、乳頭をいじくる。

「むうう、うううっ」

恵が、耐えきれぬ、といった様子の声をあげた。口と女壺を同時に愛撫されながら、乳首まで感じているのだ。

むき出しの白い尻は、油を塗ったように汗で光っている。

「バックでも当たる……子宮が犯してくれって出迎えてますよ」

亀頭で子宮口をノックする。先に当たる柔らかな感触が射精欲を誘うが、一度出しているので、我慢はまだできそうだ。

火照った肉襞を味わうべく、啓太は角度を変えながら、深い抜き差しを繰り出した。

「むう、ううっ、うううっ」

バイブを咥えたまま、恵が髪を振り乱す。結合部の愛液は糸を引くほど濃厚で粘度のあるものになっていた。

内奥のうねりも凄まじく、ピストンをする啓太も口を半開きにしていた。

「はううう……ううっ」

腰をぶつけるたび、汗が舞い、愛液が飛沫を上げる。

恵が、頭を振ると口からバイブを引き抜いた。

「キスして……モノより、ぬくもりが欲しいのっ」

整った相貌を切なげにゆがませて、恵が訴える。

啓太は恵の唇を奪い、音を立てて舌を吸った。唾液と愛液が口内に流れ込んでくる。

キスをしたまま、啓太はラッシュを繰り出した。

「あうっ、あんっ……も、もうっ」

拍手のような音が、結合部から放たれる。

ベランダに誰かが出たら、気づかれかねない。だが、そのスリルが快感を増幅させていた。啓太は荒い息を吐きながら、恵の子宮を揺すぶり続ける。

「ひゃう……おうっ……ううっ……」

結合部に目を転じると、白桃が赤黒い肉棒を咥えているさまがよく見える。

欲情をたぎらせる眺めだ。と、そこで啓太は秘肉の上で収縮するココア色のすぼまりに気がついた。こちらも、抜き差しに呼応するように動いている。

(もしかして、恵さんなら……)

啓太は愛液を指に絡めると、人差し指を尻穴にあてがった。

「んんっ」

口づけたまま、恵が目を見開く。ダメ、とは言わなかった。

刺激されたとき、驚いたようだが、そこにはどこか待っていたかのような雰囲気すらあった。啓太は律動を続けながら、恵の後ろ穴をくすぐり、指の先端を入れた。

「あうっ……そこも……いいっ」

拒否されたらそこでやめようと思っていたが、恵は、後ろ穴からも愉悦を得ているようだ。肛門性交の経験はあるようで、すぼまりの奥は清められていた。

啓太は、ペニスの抜き差しをしながら、じょじょに指を奥に進めていく。

「ああんっ……んんっ……さ、最高っ」

二つの穴を同時に愛撫され、恵が歓喜に震えていた。

後ろ穴の感度なら、遼子以上だ。蜜穴からの愛液は、洪水のようにどっと増えていた。蜜肉の締まりもキツくなる。

「声、大きいですよ」

柔肉が絡みつき、啓太の背筋にも射精の予感が走る。堪えていなければ、雄叫びをあげそうなほどの快感を味わっていた。

言葉にするかわりに、ラッシュで己の愉悦を恵に伝える。

「くうっ、あん、ううっ」

恵の膝がガクガク震える。しゃがみこみそうになる恵をペニスと手で支えながら、啓太は破裂音を立てて背後から責め立てる。

指を咥えた後ろ穴も、リズミカルに締まっていた。

「おお、いい、イク……」

必死の思いで、囁き声にしているのだろう。恵の形のよい眉がひそめられ、喉がかすかに震えている。

「俺も、イキそうです……」

啓太は恵に顔を寄せる。二人は唇を重ねると、舌を絡ませながら、絶頂へと駆け上がる。

パンパンパンパンッ！

白桃のあげる音がベランダから庭に放たれる。誰か聞いているかも――スリルが感覚を鋭くさせ、愉悦を深くする。

「イ……イクッ……イッちゃうっ」

ガクガクッと恵が痙攣し、蜜口がキュンと締まった。

「イクッ、俺もイクっ」

啓太は二度目の放出を恵の内奥へと注いだ。

4

「さすがですね、恵さん。檜風呂付きの部屋を予約するなんて」

「ふふ。だって、旅先の楽しみは、温泉でのエッチでしょ。貸切風呂より、こっちの方がゆっくりできるもの」

二人は、恵の部屋に備え付けてある檜風呂に入っていた。湯船で体を伸ばしている啓太の上に、恵が仰向けで横たわっている。快感で燃え上がっても、寒空の下で半裸になって交われば体が冷える。今は二人で湯につかり、体を温めていた。

啓太は風呂に入る前に目にした、あるものに気をとられていた。

(あの眼鏡……どこかで見たことがあるような……)

レンズの厚そうな、メタルフレームの大ぶりの眼鏡だ。眼鏡は洗面所のコンタクトレンズケースの横に置かれていた。この眼鏡に心当たりはない。

だったら、なぜ啓太はこの眼鏡にひっかかるのだろう。

湯気で煙る天井を見つめながら、啓太は考えていた。

「ねえ、啓太さん聞いてる？　湯でのぼせちゃった？」

恵の顔が目の前にあった。

「き、聞いてます。旅先の楽しみが温泉でエッチなんですよね……」

温泉でのエッチなど、啓太には経験がない。もし、運のない自分が貸切風呂でしようものなら、真っ最中に誰かが入ってきて、大騒ぎになること間違いなしだ。

そんな想像をしたが、貸切風呂でのエッチを想像して男根が元気になっていた。

「ずっとエッチしまくりなのに、元気ね」

恵が尻に当たったペニスの感触を肌でたしかめている。

「こんなにエッチしまくったの初めてだからかな……いつもはしてないんですよ」

「嘘でしょ。さっきはお尻もイタズラしたくせに。こんな絶倫だと、彼女が大変ね。体力が持たない」

「彼女ならいないですよ」

思わずむきになって言っていた。

彼女にするなら、恵のような女性がいい——そう思ったが、口には出せない。

「プライベートに立ち入る気はなかったの。ごめんなさい」

恵は素直に謝ると、体の向きを反対にして啓太と向き合った。

湯の中で、恵の淫裂と啓太のペニスが触れ合っている。

「旅先でプライベートの話なんてつまらない。エッチなことにだけ専念しましょ」

そう言って、恵が啓太の手をつかんで、尻へと誘い、すぼまりを撫でさせた。

「ねえ、啓治さん、あなた、後ろできるの……」

啓太の股間で腰を揺らめかせながら、恵が問うてきた。

「ええ、まあ……」

といっても、昨日が初体験ですとは言えない。

「だったら、両方、して……バイブをアソコに入れて、お尻を……犯して……」

啓太は目をしばたたかせた。

「いいんですか……狂っちゃいますよ」

もしかしたら、快楽に狂うのは自分かもしれない——未知の領域への恐怖と期待で背筋に汗が流れる。

経験済みの恵はどれほどの愉悦を味わうか知っているだろうが、啓太は初体験だ。

「こんな最高の場所で狂えるのなら、本望よ……」

肩越しに流し目を送られて、啓太の頭が欲情で熱くなった。

バイブは、湯船の縁に置いてあった。ベランダから部屋に入ってすぐ、風呂を入れた時に置いたままだったのだ。

「じゃあ、前と後ろ、ほぐさないと……」

「もう、たっぷりしたのに……あんっ」

啓太は、恵の後ろ穴に左手を、蜜穴には右手を這わせていた。指を曲げて、肉裂の中に差し入れる。二度の放出を味わった蜜壺は、さらなる快感の期待からか、うねっている。後ろ穴にも、指はすんなり入った。

「むずむずしちゃう……すっかりほどけてるから……ちょうだい」

恵が啓太の首に両腕を回して、見つめている。

啓太が後ろ穴で指を広げると、湯船から半分ほど出た双乳が揺れ、ちゃぷっ、と波音を立てた。

「もう、俺のがここに欲しいんですか」

恵がこくりとうなずいた。啓太は湯の中でペニスの根元に手を添え、上向かせる。

そこで、恵が尻を下ろして、後ろ穴をあてがった。

ズリュッ……ズズズッ……！

肛門が割れ、亀頭が呑み込まれていく。

「キツい……いいお尻ですね」

啓太は、額に汗を浮かべていた。のぼせそうなのもあったが、恵の後ろ穴がもたらす快感で、どっと汗が噴き出たのだ。恵は、啓太を見つめながら腰を下ろしていった。

そして、ペニスが根元まで呑み込まれた。

「おお……オマ×コも最高ですけど、こっちも最高です」

先ほどまでは恵が啓太に責められ、ため息を漏らしていたが、今は立場が逆転している。湯の中での初セックスが、まさかアナルセックスだとは。

夢のようなシチュエーションでのセックスが続き、自分の幸運が怖くなる。

「怖いくらいいいです……このあと大きな病気しても悔いはないです」

死なない程度のトラブルでとどまっていたが、これほどの幸運が連続すれば、命取りになるようなトラブルに巻き込まれかねない。それでも、こんな快感を夢のような女性と味わえるのなら、それでいいような気がした。

「変なこと言うのね。大丈夫よ、病気になったら私が面倒を見てあげるから」

そうだ、セックスはノリが大切だ。恵の軽口でそれを思い出した。

湯の中で、白桃が揺らめいた。

「ん……お尻でオチ×チンが跳ねる……もうイキそうなの」

そう言う恵も、湯のせいか、快楽のせいか頬が紅い。

「だって、恵さんのお尻が締まるから」

啓太の唇に恵が指を当てて、微笑んだ。

「まだまだ気持ちよいことするんだから、我慢するの」

バイブレーターを持って、湯に入れる。恵が視線を落とすと、湯の中で淫花が開いているのが水面から見えた。そして、その淫花から出た白いものが花粉のように湯の中に広がっていく。

(あ、さっき俺が中で出したやつだ……)

中出しして、秘所から滴り落ちる光景は何度か目にしたが、湯の中で揺らめく様子を目の当たりにするのは、思った以上に淫らな眺めだった。

淫花の中心部に、恵がバイブを当て——ゆっくりと挿入する。

「ああ……太いのが二つぅっ……ああ、すごいっ」

恵が啓太の目を見ながら、顎を上向け、快楽に打ち震えている。

「こっちも、すごい……気持ちよくってビリビリきますよ……」

薄肉の向こうに居座るバイブが、カリ先をほどよく圧迫する。二度も放出したのに、肛道の中で、啓太はしきりに先走り汁をこぼしていた。

「おお……ああ、出ちゃいますよ……」

「が、ま、ん。私だって、イクの我慢して頑張ってるんだから」

そう言って、恵はバイブの抜き差しさせた。

ちゃぷちゃぷ……。

檜風呂に湯が当たる風情ある音と心地よい檜の匂いが耳と鼻をくすぐるのだが、湯の中で繰り広げられているさまは、淫猥極まりない。

「オマ×コとお尻に太いの咥えて腰を振るなんて、いやらしすぎますよ」

受け身でいるには、刺激的な眺めだ。

啓太は、なりふり構っていられなくなった。もう二度とアナルセックスなんてできないに違いない。だったら、今を楽しむだけだ。

「あ、あああっ……いきなり動くのっ、あんっ」

啓太は腰を湯の中でバウンドさせた。水の抵抗があるので思ったほど大きく動けないが、アナルセックスならこれくらいの速度でちょうどいいだろう。

「きゃん、やんっ」

湯が波打ち、豊乳もまた波打つ。

「恵さん、俺も頑張ってるんだから、そっちも頑張って動かして……」

陰嚢がきゅっと絞られているのがわかる。背筋にも、射精の許しを請う信号が幾度も走っている。しかし、啓太は恵の後ろ穴を思う存分楽しむべく、歯を食いしばって堪えていた。

「あん、あんっ、わ、わかったから、そ、そんなに突き上げないでっ」

恵が紅く染まった相貌を打ち振りながら、バイブを抜き差しさせる。

「ひいいいいっ、イイッ、イイッ」

バイブで、恵はすぐに達してしまった。バイブのハマった蜜口から、白濁した体液が広がっている。

「本気汁でお湯を汚して……ダメだな、恵さんは」

「ダメじゃないの。見てて、ちゃんとするからぁ」

感じすぎて少し甘え声になっているのだが、恵は気づいていないようだ。

「後ろも、前も……最高っ、おお、いいっ」

ベランダと違って、部屋なら声を出しても聞かれる心配はないからか、恵の声は大きくなるばかりだ。官能の昂りとともに声も、腰の動きも大胆になる。

「そんなにバイブでくすぐられたら、こっちももう限界です」

恵の腰をつかんで、尻を上下にバウンドさせる。

「ひうっ、うっ、あんっ、あんっ……いい、二つの穴でイク……イクのっ」

恵がバイブを奥深くに入れて、根元のスイッチを押した。

ブウーンッと音を立ててバイブが振動する。

その震えが薄壁越しに後ろ穴のペニスに伝わり、啓太の我慢の糸を断ち切った。

「はあああっ、あんあんあんっ、イク、イクイクイクッ」

「ああ、いい、いい、出る、出るっ」

啓太と、恵の声が浴室で重なった。

そして、啓太の尿道口は決壊し――大量の白濁液を恵の肛道に注いだ。

「ヒッ、お尻が熱い……お尻でイク、イクっ」

ガクンッと、恵が動きを止めて痙攣する。半目になった恵は、快感のあまり失神したようだが――尻穴は最後の一滴まで飲みほさんとばかりに食い締めを続けていた。

第四章　湯布院温泉と温泉研究家

1

「豊後牛《ぶんごぎゅう》のまぶしです。お熱いので召し上がるとき、気をつけてくださいね」

　前菜を食べていた啓太の前に、店員が土鍋を置いた。蓋《ふた》をとると、湯気とともに食欲をそそる牛肉と炊きたての米の香りが広がる。

　啓太は、早速写真にとって阿久津に送った。

（さてと……）

　ひつまぶしの鰻《うなぎ》のかわりに牛肉がのっている、なんとも豪華な一品だ。まずは、牛肉とごはんをそのままよそって食べる。豊後牛は由布院《ゆふいん》の名物らしく、この店に来るまでに通った湯《ゆ》の坪《つぼ》街道にも、牛肉を使ったコロッケなどが売られていた。

肉を口に入れる。ジューシーで美味い。ほどよい柔らかさで、米との相性もいい。

(贅沢すぎる……)

今度は薬味をつけて、米と肉を口に運んだ。アクセントが利いて旨みが増す。

あっという間に、土鍋の中身が半分ほどになった。出し汁を茶碗に注ぎ、お茶漬け風にする。鰻のひつまぶしもいいが、牛肉のまぶしもいい。

しかし、思い浮かべるのは恵のことばかり。

(結局、何も言えないままだったな……)

恵とは朝食をともにしてから別れた。恵は車、啓太は電車の旅だ。

恵は今回も連絡先を交換せず、車で走り去った。

(いいんだ、自分には過ぎた女性だし、あんな女性と二回も夢のようなセックスができただけで、よかったんだ)

しかし、胸が痛んだ。

(失恋したみたいだ。いや、実際そうなのかな)

感傷的になった啓太は、豊後牛のまぶしも喉を通らないと思ったのだが――あまりのうまさにペロリと平らげてしまった。

啓太は、道後温泉から電車で八幡浜《やわたはま》に移動し、そこからフェリーに乗って別府《べっぷ》に到着、そこで一泊した。旅行がはじまって以来、初めての独り寝だった。

別府温泉の砂湯で蒸されても、別府の泥湯で肌をつるつるすべすべにしても、恵のことが頭から離れないでいた。

(恋……)

いやいやいや。それはダメだ、啓太。恋は自覚を鈍らせる。

巻き込まれ体質だと自覚しているから、用心して用心して死なない程度のトラブルで済んでいるのだ。恋だと勘違いして行動を起こしたら、火傷《やけど》するに決まっている。

(恵さんはきれいで、オシャレで、淫らで……)

つまりは高嶺《たかね》の花。

恵が月なら、啓太はすっぽん。とうていかなう思いではない。

(夢は夢のままにするのが一番だ。それなら傷つかないし)

啓太は店を出て、湯の坪街道を散策する。

由布院温泉は、女性一人で安心して来られる温泉を早くから目指していただけあって、看板も町並みも落ち着いていていて優しげだ。

温泉地としての歴史は古くないが、長閑な景観を大事にした土地らしく、豊後富士こと由布岳《だけ》の雄大な眺めを遮《さえぎ》る建物はない。湯の坪街道を一本外れると、日本の原風景といった景色が広がっている。

街道の先に、由布院温泉の名所、金鱗湖《きんりんこ》がある。

春から秋にかけては、色とりどりの花や葉が楽しめたろうが、いまは冬。しかし、枯葉色の木々が湖面に映って、寂しいながらも見応えのある眺めだ。

(さてと、今なら先客も少ないだろう)

タオルを忘れていないか、リュックを開けて確認する。

由布院は温泉地だが外湯は少ない。観光客も入れる数少ない共同浴場は、金鱗湖そばにあった。そこは茅葺き屋根の小さな温泉で、雰囲気たっぷりだ。

(問題なのは……ここ、混浴なんだよな)

少し、いや、かなりハードルが高い。地元住民の憩いの場でもあるので、観光客がマナー違反をして雰囲気を壊してはいけない、という意味でもハードルが高い。

しかし、泉質はかなりよいらしい。

啓太は、そっとドアを開けた。

入り口の箱に入浴料を入れて、脱衣場をうかがう。先客はいないようだ。

いそいそと服を脱ぎ、かけ湯をして風呂に入った。

他の客が来たときのために、タオルで前をしっかり隠す。

そして、足を沈めた瞬間――。

「あっち！」

忘れていた。ここは源泉が高温なのだ。加水していない源泉かけ流しだからこその熱さ。贅沢なのだが、熱いものは熱い。日によって熱さが変わるらしいが、今日は熱めの日だったようだ。火傷するほどではないが、江戸っ子でもない限り耐えられない熱さだ。啓太はあまりの熱さで、反射的に両手を上げていた。

「あ……」

女性の声だ。恐るおそる振りかえる。

前をタオルで隠した若い女性が、脱衣場の扉を開けていたが――啓太を見てそっと閉じた。

ようやく啓太は自分が両手を上げていることに気づいた。丸見えだ。

(やってしまった……)

恥ずかしさから、湯船にザブッと入った。

「あっつ！」

高温なのを忘れて、肩までつかった啓太は叫んだ。

2

美味い。毎日、毎食、こんなに美味しいものを食べていていいのだろうか。

由布院の宿で、夕食のお膳をとりながら作務衣《さむえ》姿の啓太は思った。

いまは、関《せき》アジの姿づくりと地酒で一杯やっている。

旅館は、作務衣か浴衣かが選べたので、今日は作務衣を選んだ。

（給料は安かったけど、仕事ばかりで貯金できたから、いま豪遊できるのか）

退職した会社では仕事に専念して、スキルはついたが、疲れ果ててプライベートを充実させる暇などなかった。

旅なんて、夢のまた夢だった。そんな啓太が四国、九州と旅をしている。

（今度は親を誘って旅行するのもいいかもな）

大学卒業してから、たまにしか帰省しない実家を思った。

旅に出て、ようやくそんな気持ちの余裕が生まれていた。

食事処には、高齢の夫婦らしいカップルや、女性グループがいた。

室数の少ない、静かな宿だ。

歓談の声はささやかで、うるさすぎず、旅行ならではの開放感もある。

啓太は部屋に戻った。この旅館の客室はすべて離れになっており、プライバシーが保たれている。離れまでの道には小川が流れ、せせらぎの音が部屋でも聞こえた。

腹もいっぱいだけれど、露天風呂で一風呂浴びて、そして湯上がりにまた一杯飲んで寝よう。露天風呂そばの四阿《あずまや》に、無料のビールサーバーと、ゆで卵が置いてある。宿泊客はゆで卵食べ放題、生ビール飲み放題なのだ。

昼の温泉ではゆっくり入れなかったので、旅館ではたっぷり入ろうと啓太は考えていた。タオルと着替えを持って露天風呂に向かうと、途中の四阿に先客がいた。

「あ……あなたは……」

浴衣姿の若い女性に見覚えがあった。先ほどの共同浴場で会った女性だ。

目の上で切りそろえられた前髪と、はかなげな瞳。黒く長い髪をアップにしているので、ほどよい丸みを描いている輪郭があらわになっている。

「あ、あのときは、私こそすいませんっ」

ビールをベンチにおいて、女性が頭を下げた。

「いや、こっちもすみません。あのとき、驚かせちゃって」

「お湯……相当熱かったんですね。だから、あんな風に……」

「その話は……」

股間丸出しの自分を思い返して、啓太は軽く頭が痛くなった。こめかみを揉みながら女性を見ると、瞳をきらめかせてこちらを見ている。

「源泉かけ流しの熱さってどうでしたか。お湯の感想、聞かせてください！」

「え、どうして？」

「私、温泉大好きで、泉質を知りたいんです」

「俺、いまから露天風呂に行くから、そのあとでゆっくり……」

「だったら、私の部屋で入ってくださいよ。お部屋に露天風呂ありますから！」

（また女性の部屋に誘われた……嘘だろ……）

呆然《ぼうぜん》とする啓太をよそに、女性は立ち上がり、先を歩いた。

女性の部屋は、啓太の部屋と似たつくりだった。こぢんまりとした二間の和室。違うのは、女性の部屋は部屋風呂が露天風呂になっているところだろう。

「どうして、いきなり部屋に……」

「ああ、挨拶がまだでしたね。私、小池絵里《こいけえり》っていいます。年は二十六。温泉が趣味で、日本中の温泉につかって感想をブログに書いているんです」

啓太も名乗った。

「警戒しないんですか。知らない男を部屋に上げるなんて不用心かもしれませんよ」

上がっておいて言うのも何だが、いくらなんでも無防備すぎる。

絵里が首をかしげた。三秒ほど時間が経つ。

「あ、異性をいきなり部屋に上げたら、誤解されちゃいますね！」

いま気づいたようだ。

「大丈夫です。私、温泉以外に興味ないので、大丈夫です」

普通、この状況で大丈夫というのは男が言うのではないか、と思ったが、絵里は啓太に話す間を与えない。

「えーっと、私の温泉ノートは……」

マイペースだ。この旅はマイペースな女性にやたらと出会うような気がする。絵里はバッグを開けて、中身をゴソゴソ探っていた。

「あった。さ、教えてください。あの共同浴場の感想を」

絵里がノートを開いて、書き込む態勢になる。

熱かった――以外の感想をひねり出そうとして、啓太は腕を組んで考えた。語彙《ごい》が足りない。熱い。熱くてのぼせそう。しかし、入っていたらそのうち慣れた……。

ひねったわりに、小学生のような感想になっていた。

「ふーん、この感想じゃわからないですね」

気にしていたところをついてくる。啓太は頭をガクッと落とした。

絵里も腕を組んでいた。組んだ腕の上に、大きめのバストがのっている。

「……小池さんは、温泉の研究でもしてるんですか」

「完全に趣味ですけどね。ただ、混浴の温泉は日本でも少ないんです。だから、あそこに入るつもりだったんですけど、さすがにあのあとは入りにくくて」

「そっか。俺があそこであんな風に叫ばなければ、小池さんも入れたのか」

「ところで、あの共同浴場でお湯につかってから、佐田さんは他の温泉に入られましたか」

「入ってないですよ。あそこのお湯が熱すぎて、宿についてから疲れて昼寝しちゃいました。だから、ご飯食べたあとにこの旅館の露天風呂に入ろうと思って」

「やったっ。よかった。佐田さん、味見させてください」

絵里が首をかしげて、ニコッと笑う。

「味見？」

啓太も首をかしげる。合わせ鏡のように、二人で同じ角度で首を曲げていた。

「温泉の」

「温泉？」

「ええ、肌に残った温泉の味です」

啓太は首をかしげたまま、絵里が言った意味を吟味《ぎんみ》していた。

その間にも、絵里が座卓を回って啓太に近づいてきた。

「温泉って、肌で味わうじゃないですか……だから、肌に残った温泉の味を、肌を通して味わうことってできると思いませんか」

絵里が首を反対側にかしげて、ニコッと笑う。

なんだその理屈は。

「できないと思うけど……」

啓太も同じように首をかしげる。

「できるんですよ。やればわかります」

絵里の色白の相貌と、虹彩《こうさい》がはっきり見えるほど顔が近づいている。

「もしかして、その方法って……」

「セックスです。嫌いですか。だったら、やめます」

朱色の唇が開く。

「で、でも、初対面で話したこともない人間といきなりするのって怖くない？　俺がもし病気持ってて、妻子がいて、浮気したら奥さんが地の果てから追いかけてくるとか、そんな男だったらどうしようって考えたりしない？」

「私のこと、怖いんですか。大丈夫。単に温泉大好きな女です。そして、温泉を味わう方法をいろいろ考えた研究熱心な女です。面倒なことはないですし、たぶん、佐田さんが考えているような美人局《つつもたせ》でもないです」

「なぜ美人局のことが……」

「私に起こりそうな面倒ごとを瞬時に考えられるってことは、自分が巻き込まれそうな面倒ごとをすぐに考えるタイプですよね。安心できなかったら、お部屋に帰っていいですけど」

絵里が、浴衣の帯をほどきながら言った。音を立てて帯が床に落ちると、レースのキャミソールに包まれた豊乳が姿を現した。

啓太は絵里の乳房に目が釘づけになった。大きい。かなり大きい。GかHカップだ。

「お部屋に帰りますか」

絵里は自分の胸が男を刺激すると知っているのだろう。腕で胸を挟むようにして、啓太に見せつける。啓太は首を振った。

啓太の股間は臨戦態勢に入っていた。

「絵里さんの楽しみを邪魔しちゃったのは俺だし……いいよ、絵里さんのやり方で温泉を味わって」

「じゃあ、遠慮なくいきますよ。くすぐったかったら、言ってください」

絵里が啓太を押し倒した。

そして、覆い被さるように上に乗る。絵里が半目になり、うっとりしたような目で啓太に顔を近づける。首筋に顔が近づいた絵里は、匂いをたしかめているようだ。

「無色透明の単純泉だから、匂いはなし……」

それから、首筋をペロッと舐める。

「あっ」

押し倒され、首を愛撫された啓太が、甘い声を出していた。

「汗の味はするけれど、やはり、お湯の味はない……」

一つひとつ確認している。そのたびに、啓太の上に乗った体が動いて、キャミソールに包まれた乳房が作務衣越しに当たった。

「次は、触感……」

絵里が、啓太の作務衣の紐をほどいた。作務衣の前を開くと、Tシャツに包まれた上半身があらわになる。

絵里は、啓太のTシャツの裾に手を入れて、ゆっくりとまくりあげた。

「ねえ、私の服も脱がせてくれませんか……」

温泉の効能を味わう目的まっしぐらかと思いきや、絵里は男心を楽しませる余裕も持っていた。

啓太がキャミソールを脱がすと、豊乳がたぷん、と音を立てて顔を出した。

（おおお……初めて見る大きさだ……）

目をみはった。少し動くだけで、ハリのある乳房が波打つ。

乳頭は唇と同じ朱色で、若々しい。大きなバストの下のウエストはきゅっとくびれていて、セックス中につかむのにちょうどよさそうだ。

絵里が啓太の頭を抱いた。顔が豊乳に包まれる。パラダイスとはこういうところなのかもしれない、と頬に当たる柔肌の感触に、啓太は恍惚となった。

「ふわふわしてる……ああ、気持ちいい……」

「みなさん、そう言います」

絵里が啓太を床に倒し、体を預けてきた。

乳房がむにゅっと広がり、胸に重さが伝わる。

「私が温泉を調査中、お相手も気持ちよくなれるから、みなさん喜んで調査に協力してくれるんです」

肌と肌を合わせているうちに、湯につかっているかのように、絵里の肌が紅くなっていく。絵里は双乳に手を添えて、乳房を啓太の肌の上で動かした。

「とろみのある泉質なんですね……ああ、わかります……たしかに、熱い……」

超能力なのか、道を究めたものが行き着ける何かなのかわからないが、絵里はあの共同浴場を追体験しているようだ。

「温泉に入って、どのくらい元気になったか、教えてください。それがメインの目的なんです」

絵里がまた首をかしげる。

丸顔なだけに、そんなしぐさがあざといぐらいに似合い、男心をそそる。

「そんなにすぐ欲しいの」

絵里がうなずく。小さな手のひらが、作務衣の上からペニスをなで回していた。

「温泉の効能を知るのに、これが一番なんです」

絵里は立ち上がり、キャミソールとそろいのショーツを脱いだ。

生まれたままの姿の絵里は、グラビアモデルのようなスタイルの持ち主だった。

張り出したヒップ、くびれたウエスト、たわわなバスト……。

成熟した大人の体と、丸顔のギャップがまた啓太の心をかきたてた。

「でも、まずはほぐさないと……またがって、俺の顔に」

啓太が絵里を誘う。絵里はその手をとって、啓太の顔の横に両膝をついた。視界いっぱいに、薄めの草叢で囲まれた淫裂と、朱色の陰唇が広がる。

啓太を通して共同浴場を味わうことへの期待か、草叢はすでに濡れていた。

「まずは舐めるよ……」

啓太は絵里の太股を抱えて、舌を伸ばした。

クチュ……。

陰唇が割れて、内奥に舌が入る。割れた途端、口内だけでなく、唇のまわりまで濡れるほど愛液が溢れてきた。

「んん……んんんっ……いい味だ……こっちも匂いが薄い……」

啓太が舌を動かすと、絵里のヒップが揺れた。

五感で温泉を味わう旅をしているだけあって、官能も敏感なのかもしれない。

舌をしきりに蠢かせると、舌を伝って愛液が喉に流れ込んでくる。

「今日は由布院のお湯みたいに、私のおツユもさらさらでトロトロなの……」

自分の乳房を揉みながら、絵里が鼻にかかった声で言った。

「クセがなくて美味しいよ」

チュ、チュ、と音を立てて蜜口を吸う。腕を太股からはずし、薄めの陰毛で覆われた縦筋へと指を這わせる。草叢の中に指を入れると、指が芽心に触れた。

「あんっ……そこ……」

啓太は唇を外すと、淫裂に指を二本差し込んだ。いきなり根元まで挿入すると、絵里の内股に、ピンと筋が入る。

指を二本抜き差しさせながら、唇を今度は女芯に当てて、吸い始めた。

「あああんっ、それ、そこっ……」

ジュボッジュボッジュボッ！

絵里の秘所は汁気が多く、指を動かすたびに大量の愛液が滴った。愛撫している方の腕は、手首まで愛液で濡れている。

指を前後左右にめぐらせて、広さと柔らかさをたしかめる。準備万端だ。

「絵里さん、さあ、チ×ポで味わって……あの温泉の名残《なごり》を」

啓太が男根を出した。彫り出したように浮き上がる青筋、弓なりになったペニス、左右に張り出したエラ——それらを見た絵里がうれしそうに微笑む。

「温泉をオチ×ポで味わえるなんて、幸せ……」

絵里がM字に足を開いたまま、後ろに手を置いて下がっていく。

淫唇が移動していくさまを見つめていると、一刻も早く挿入したいという欲求が高まる。それほど、絵里の肢体は魅力的だった。

「じゃあ、温泉を味わわせて……」

絵里が腰を下ろした。四方から迫る肉の圧は、温泉につかったかのような気持ちよさだ。根元までペニスを呑み込むと、リズミカルに締めてくる。

「はんっ……お湯の質がわかるっ……疲労回復にバッチリなんですね……だって、オチ×チンがすごくカチコチッ」

絵里はがに股のまま、啓太の太股の横に手をついた。

腰を上下させると、結合部で出入りする赤黒い肉棒が丸見えになる。

淫猥な眺めに、ペニスの猛りはキツくなった。

「あおっ、おっ、おおうっ、絵里さん、すごいっ」

「啓太さんのもいい、すっごく元気っ」

グチュ、ニュッチュ……。

ペニスの反りに合わせて、絵里は緩やかな軌道で腰を動かした。それが男の快感に繋がっていく。裏筋がしっかりと刺激される律動で、背筋に鳥肌が浮く。

「私もいいっ、お湯の質がわかるっ。熱くて、いい、いいっ」

絵里が上下に動くと、たわわな乳房もパチンパチンと音を立てて揺れた。

啓太は下から手を伸ばし、片手では包みきれないほど柔らかく大きな乳房をつかむ。

乳首を愛撫したいが、大きくて指が届かない。だが——。

「あっ……はぁん、はぁんっ……そこ、いいっ」

絵里が白い喉を晒した。巨乳ゆえ、啓太が頭を少し前に出しただけで乳首を咥えられるのだ。乳房に対して乳暈《にゅううん》も乳首も大きくなく、口愛撫にちょうどいいサイズだ。

唇で乳首を挟みながら、舌で乳頭をつつくと、ペニスを食い締める内奥の動きがキツくなった。

「絵里さんはつゆだくですね。宿の作務衣が絵里さんのお汁で濡れちゃいましたよ」

激しく交わる二人の下には、啓太の作務衣の上着が広げて敷いてある。

交合の露が散り、草木色に染めてあった作務衣は、ところどころが濃い緑になっている。そして愛欲の匂いも、そこから放たれていた。

「んんっ、だって、すごく上手なんだもの……」

乱れ方のダイナミックさと、愛欲に溺れるときの恥じらいがたまらない。

「絵里さんも上手ですよ。エロい騎乗位してくれるから、最高の眺めです」

ボリュームあるバストが音を立てて揺れ、結合部で朱色の陰唇が野太いペニスを咥えているのを一望しながら交わると、腰に淫らなエネルギーが満ちてくる。

啓太は肉感的なヒップに負けないように、腰を大きく跳ね上げた。

「はぁんっ、はぁんっ、す、すごいっ、つ、強いのぉ！」

下からの突き上げに女体が応えた。快感で子宮が下りて、亀頭の切っ先に当たる。

そこを狙って突きを繰り出した。

M字になった太股が、突きを受けるたびに味わう愉悦がキツすぎるのか閉じようとする。啓太は、絵里の膝を押さえて防いだ。

「ああん、んんんんっ、いじわる、開かせるなんていじわるっ」

絵里の肌が汗ばんでいた。色白だった肌は桜色に染まり、半開きの唇は紅くなっている。啓太は絵里を絶頂に導くべく、乳首を交互に吸い、そして舐め回した。

乳首は絵里の性感帯だったらしく、吸われるたびにへそが波打つ。

「アソコも、おっぱいもなんて――ああん、んんんんっ」

絵里が相貌を打ち振ると、クリップがほどけ、背中までのストレートの黒髪が肌に落ちた。快感に染まった肌に黒髪が淫靡な対比をなして、啓太の昂りに火をつけた。

（イキそうなんだ……これはすごい……）

絵里は腰をグラインドさせながら、内奥でペニスを奥へ奥へと吸い込む動きを見せた。重量感ある豊乳の揺れるさまと、泡立った本気汁を肉棒に絡ませる蜜裂の淫靡さが啓太の視覚を犯し、秘所の触覚がペニスを刺激する。

「あんっ、ビクビクしてるっ、あんあんっ」

射精が近づき、膣内で陰茎が跳ねる。

それも性感となったのか、絵里はグンッとのけぞった。

「ああ、締まる……もう……」

「出してっ、お腹に出してっ」

媚肉が精を求めて絡まってきた。激しい律動と肉圧で、快感を堪えていた啓太も、この絡まりで限界を迎えた。

「出ますっ、おお、おおおおっ」

ペニスを引き抜くと、仰向けに横たわった絵里の腹に切っ先を向ける。

ドクンッ！

怒張から噴き出た精が、間歇泉《かんけつせん》のごとく数度に分けて注がれた。

「ああん、熱い。いいっ、いいっ」

むわっとした匂いとともに樹液が腹にまだら模様を描く。

絵里は腹についたそれを指に絡ませてから、うっとりした様子で口に入れた。

3

「本当に、アソコで温泉の質が味わえるの」

和室に敷いてある布団で休んでいた啓太が、絵里に尋ねた。

「私はそう思ってます」

絵里が答える。啓太は全裸、絵里は浴衣を羽織っているが、それ以外は何も身につけていない。布団の上にうつぶせになり、単行本のように硬い表紙のノートに、いろいろと書いているようだ。

のぞきこむと、〇〇温泉、泉質、入った時の感想……そして、そこで一夜をともにいした相手のことも書いてあった。

「エッチの記録もつけてるの？」

絵里は目をぱちくりさせた。この記録が妙だという自覚はないようだ。

「ブログには載せてませんよ。それに、エッチの記録は温泉入浴後のものだけです」

「そりゃそうだけど……まさかエッチも記録するなんて」

「温泉地では、土地ならではの食がありますよね。それは、その温泉地の恵みを受けた味なんです。温泉の恵みを受けるのは食だけではなく、人間にとって大事なもう一つの営みにも影響するんじゃないかな、っていうのが私の仮説で。それで記録をしてるんです。個人情報は載せてませんよ。プレイとかそんな内容だけで」

「へえ……」

変わっていると思ったが、言わないでいた。

「非科学的ですよね。いいんです、これは私の考えでやってることなので。でも、思い出になるんですよ。泉質によってプレイも変わるし」

絵里はページをめくった。前のページは別府温泉の明礬《みょうばん》の湯だ。泉質、匂い、肌触り、効能、温度、感想を書いた下に、その夜、枕を交わした相手のことが記載してある。その相手は女性だった。

「女性ともするんだ」

絵里は首をかしげた。

「もちろんです。温泉の味をたしかめるのに、女性はわかりやすいんです」

何がわかりやすいのかさっぱりわからないが、絵里は一人うなずいている。

啓太の視線に気づいた絵里は、昨晩の相手のプライバシーを守るためか、ノートを閉じようとした。そのとき、肌色のバイブ、というのが目に入った。

「……昨日の人、バイブを持っていたの？」

「ええ。そんなに珍しいことじゃないですよ。女性でセックストイ持っている人は。私も持ってますし。男性だってオナホ使いますよね。それと一緒ですよ」

「昨日の人のバイブって、いかにもバイブって感じの肌色で、リアルな形？」

「どうしてそれを」

まさか……。

啓太と恵は同じルートで移動していたのだろうか。そして、啓太が別府で独り寝をしているとき、恵は女性と楽しんでいたのか。

「その人、コンタクト外したあと、眼鏡をしてなかった？ すごくぶ厚い」

「ええ……」

絵里がいぶかしげに啓太を見る。

「もしかしたら、知り合いかも」

啓太は股間がみなぎってくるのを感じていた。

(恵と一夜をともにした女性と寝るなんて……すごい偶然だ)

うつぶせになってノートを書く彼女に覆い被さった。

「もう、回復ですか。ここのお湯、本当に疲労回復にいいんですね……」

ページを開いて書き加えている。

(回復したのはそれだけが理由じゃないんだけど)

啓太はそう思ったが口には出さなかった。

「昨日、別府に行ったってことは、泥風呂にも入ったの？」

「もちろん」

啓太は絵里の浴衣をまくって、たわわなヒップをあらわにした。ボリュームのある丸尻は、艶やかで、肌もなめらかだ。

「温泉の泥パックのおかげか、お尻もきれいだ……」

啓太は絵里の腰を抱えて尻を突き出させると、張り出したエラで縦筋を撫でた。閉じた女貝の合わせ目から、じわっと透明な雫がにじみ出ている。

顔をそこに寄せて、啓太は頬ずりする。伸びかけのひげが当たったのか、絵里は尻をくすぐったそうに振った。

「昨日の人とは、どんなプレイしたの」

「それは秘密です……」

「俺、たぶんその人と道後温泉でしてるんだ……温泉に入ったあと」

「本当ですか」

温泉とセックスを結びつけて考える絵里が食いついてくるか賭けだったが——啓太はその賭けに勝ったようだ。

「その人とどんなプレイしたか、教える条件は……」

「昨日のプレイをこちらが教える、ですね」

察しがいい。

「私、いつもは責める方なんですけど、昨日の人はテクニックがすごくて……」

恵の別な顔を見られると思うだけで、啓太の股間は痛いほどにみなぎっていた。

昨日のプレイを反芻する絵里の股間からも愛蜜の香りが濃くなっている。

仰向けになった絵里が浴衣の紐を持った。

「縛ってもらえますか。女の人とするときはこうしてされるのが好きなんです」

啓太の、ゴクッと唾を飲み込む音が離れに響いた。

絵里が頭の上で手首をクロスさせた。そこに浴衣の帯をまわして縛る。

肩から浴衣を羽織った姿で両腕を拘束されている絵里は、全裸よりも卑猥に見えた。

そして足をM字に開くと、色づいた秘所を見せつける。

「その袋の中にバイブが入っているから、私で遊んでください……」

絵里の視線の先に、温泉グッズが入ったポーチと、巾着袋が並べて置いてあった。欲情で息を荒くしながら、啓太はそこに膝ですりより、巾着袋を持った。中には、水色のバイブレーターが入っていた。持ち手部分が白で、性感を与える部分は水色の優しい色づかいだ。恵が持っていたのより、一見かわいらしい。しかし――。

「これ、すごいね……」

啓太がそう言ったのにはわけがある。バイブはパステルカラーだが、女性器に挿入される部分の先端は大きく横に広がっていた。男性のカリ首より幅がある。そして、根元から枝分かれして突き出たクリトリスに刺激を与える突起は、先が二股に分かれており、挟んで振動を送るようにデザインされている。

「クリと中でイキやすいバイブなんです……あの人もすごく気にいってました」

絵里が昨夜を思い出したのか、欲情の唾を飲み込む。大きく開いた股の間からは、とろりと白濁した蜜汁が垂れていた。恵と、絵里を貫いたバイブ……そう思うと、啓太の欲情もムクムクと大きくなってくる。

「最初はキスをして……それからクンニ……それからバイブでした……」

潤んだ瞳が、昨日のように責めてくれと頼んでいた。啓太は、絵里に覆い被さり、唇を重ねる。

チュ……チュ……。

舌を絡めて、唾液を吸う。昨日は、恵も同じようにしたのか。絵里を通して恵の違う顔を知りたい。

「その人のクンニはよかったの」

啓太は唇から喉へ、喉から胸へ顔を下ろしていく。

両胸に顔が近づいたので、両手で乳房を寄せて、乳首を中央に集める。そして、交互に硬くなった乳頭を吸った。

「はいっ……別府の蒸し湯がよかったのか、精力がすごくて……」

泉質うんぬんの前に、恵は肉食系だから、女性相手でもかなり熱のこもったプレイをしたのは想像がついた。たしかに別府はラジウム泉以外すべての泉種が味わえる、世界でも希有《けう》な温泉地だ。

その中の一つ、鉄輪《かんなわ》の蒸し湯は疲労回復に効果があるといわれている。

(肉食系の恵さんが女性相手に本気でエッチしたらどんな感じなんだろう……)

乳房を愛撫したあと、啓太は舌を出したまま、正中線をなぞっていった。みぞおちからへそへ、へそから陰毛へ、時間をかけて秘所に近づくことで、絵里の期待と欲情を高めていく。予想どおり焦らしが利いて、陰毛が縦筋に張り付くほど濡れている。

「はぁんっ……」

絵里が股間を突き出して、舌での愛撫をせがんだ。

襞と襞の間から、中心の陰唇まで、すべてがとろみのある愛液で覆われている。

啓太は淫らな匂いに誘われるように、唇をつけた。

「んんんんっ」

大きなヒップがバウンドする。散々焦らしたあとだったので、啓太はいきなり女芯に吸い付いた。チュルチュル音を響かせながら、とがった芯芽を吸う。吸引の悦びからか、絵里の声が大きくなった。

(いつもなら、指で前戯をするところだけど……)

いまはバイブが手元にある。しかも見たこともない形のものなので、女体につかったとき、どんな反応になるのか好奇心をくすぐられた。

啓太は、バイブを濡れそぼった蜜穴にあてがった。

「あうっ」

バイブの幅広い先端が女陰に食いこむ。

あてがってから力を入れると、女裂が口を開いた。横幅が広い先端に合わせて淫唇は左右に広がり、ヌプヌプ音を立てて呑み込んでいく。

「ああんっ……ううんんっ……」

絵里は顔を真っ赤にして左右に振っていた。恵をバイブでイカせたときと反応が違う。感じ方も少しひそやかだ。しかしそれはそれで、いやらしくていい。

「ほおっ……あうううっ」

根元までバイブが入った途端、絵里の反応がおかしくなった。全身に汗を浮かせて、拘束された腕を波打たせながら、しきりに悶えている。

「絵里さん、どうしたの」

「このバイブ……Gスポットに当たるようにできてて……あうっ、いいっ」

下腹が激しく上下している。

(まだピストンしてないのに感じてる……すごくエロい……)

啓太は根元にあるスイッチを入れてみた。

ブブーン……ヴンヴィンヴィン……。

振動と回転が同時に始まる。

「あぁっ……おおおお……イクイクッ、イッちゃううっ!」

絵里がのけぞって、それから弛緩《しかん》した。股の間には、大きな蜜汁の染みができている。絵里が達したあとも、バイブは動き続けている。女芯専用の突起は、設計どおり女芯を挟んで、振動を送っている。

「あん、あんっ、スイッチ切って……イッたから切って、おかしくなっちゃうっ」

額に汗を浮かべて、絵里が啓太に頼む。

(恵さんなら、ここでスイッチを切っただろうか)

啓太は、悶え狂う絵里を見下ろしながら思った。肉食系の絵里なら、責める手を止めずに、もっと悶えさせそうだ。絵里は自分から縛ってくれと頼んできた――とすれば、マゾッ気があるのではないか。

「いいよ。じゃあ、切るね」

啓太はスイッチを切った。絵里の様子を見る。強い快楽の名残を味わうように、ぼんやりしているようにだが――どこか物足りなさそうだ。

尻が自然と揺れはじめ、たぷたぷ音を立てていた。

「……絵里さん、お願いどおりスイッチを切ったら、寂しそうだね」

「それは……イッたばかりだからです……」

絵里は、奥歯にものが挟まったような言い方をしていた。

「恵さんは連続して何回もイカせてくれたんだね。それがすごすぎて、昨日はおかしくなったんだ」

肉食系の恵の貪欲さは、啓太もよく知っている。

絵里の顔が真っ赤になり、そして、こくりとうなずいた。

「恵さんとしたときもエッチがすごすぎておかしくなっちゃったのに、二日連続でそうなったら、温泉よりセックス求めて旅する女になっちゃいそうで怖いんです」

それは大変だ——と啓太は思いかけて、いやまて、と立ち止まった。温泉地で相手を見つけてはセックスしているのだ。だったら、いまと変わらないのではないか。

「俺も恵さんと同じように、絵里さんをおかしくさせたい……」

「いやっ、怖いっ……」

「怖くないさ……新しい世界が開けるだけだよ」

それは啓太にとってもそうだ。女性と付き合うのも、ベッドをともにするのも、いくつものハードルを乗り越えなければできないことだし、それが面倒で背を向けていた。しかし、一度そのハードルを越えてみると——世界が変わった。

「フェラして」

啓太が尋ねると、絵里がうなずいた。膝で枕元に移動する前に、啓太はバイブのスイッチを入れていた。しかも、スイッチを強にして。

「ははあっ……またイッちゃううううっ」

頭の上で手首が交差した絵里が、浴衣から出た白い二の腕を震わせていた。がに股になって、開いたままなので、眺めのいやらしさが倍増している。ぷるんとした乳房は、バイブの動きに合わせて上下に揺れていた。

「下はバイブに任せていてもよさそうだ。じゃあ、絵里さんはこっちで頑張ってもらおうかな」

顎に手を添え、横に向かせると、啓太はペニスを口内に突き入れた。

「むううっ」

頭を抱えて、腰を前後させる。

両手を拘束した女性を淫具とペニスで責めるなんて、自分の人生で起こるとは思わなかった。強引すぎただろうか——と啓太が後悔したときだ。

「う……ふううっ……はむっ……ふううっ……」

絵里が口から涎を垂らしながら、首を前後させていた。フェラも受け身ではなく、筒先を吸って、啓太の快感を引き出している。

股は大きく開き、股間でしなるバイブの柄が啓太からもよく見える。

「こういうプレイが好きなんだ」

絵里が目でうなずく。何か言いたそうではあるが、それよりもいまはペニスをしゃぶって、口からも秘所からも快感を得たいと思っているようだ。

啓太は絵里の秘所から出ているバイブの柄をつかんで、抜き差しする。

「ふううっ……ふううっ……」

絵里の目尻が下がり、トロンと蕩けていた。秘所から響く湿った音も、絵里の快感が相当なものだと伝えている。淫らな絵里の姿に、啓太の陰嚢はきゅっと上がり、ペニスも発射態勢に入っていた。

「ああ、いい……今度は口に出すよ……いいよね」

啓太は、性器で交わっているかのようにピッチを上げる。

「うぐ……むぅん……」

鼻から満足げな声を漏らしながら、絵里は恍惚の表情を浮かべていた。

カポッカポッカポッ……。

口腔が放つ音が離れに響く。裏筋に舌が這い、射精欲が切実なものになる。啓太は、バイブを抜き差しさせるピッチを上げた。

「むふっ、ふんっ、ふぐっ、いい、いい……」

フェラをしたまま、絵里が昇りつめていく。

興奮のせいか唾液がたくさん出て、啓太のペニスを熱くくるむ。そして快感の声を漏らす時に、亀頭がくすぐられ、啓太の方も限界がやってきた。

「おお、俺も、絵里さんの口でイク……おおっ」

啓太が樹液を口内に放つ。同時に、バイブでも子宮を突いた。

「おいひい……ひっ、いい、イクイクイクうっ……」

絵里は、口と秘所をつゆだくにしながら弓なりになる。樹液を飲みほし、唇についた精液を舌で舐め——うっとりと目を閉じた。

4

「セックスのあとの一杯は美味いね」

「え、ええ……」

夜も更けた旅館の敷地内は、静かだった。

絵里と啓太は四阿で生ビールを飲んでいた。部屋の風呂で汗を流してもよかったのだが、せっかくだからと旅館の露天風呂にやってきたのだ。

冬なので風は冷たいが、羽織の上にコートもかけているので湯冷めはしない。

啓太は落ちついた感じでグラスを傾けている。一方、絵里が両手で持つグラスは震え、中のビールが揺れている。

「さて……卵もできあがったかな」

四阿には、中央部分を深く掘って、お湯がたまるようになっている石がある。

そこには籠《かご》があり、中には、たくさんのゆで卵が入っていた。

だが、啓太が手を伸ばしたのはそこではなく、絵里の浴衣だった。裾を開いて、奥に手を入れると、下着をつけていない秘所に触れる。

そこからは、楕円のものが突き出ていた。

「絵里さんの温泉卵を出して」

啓太が囁くと、絵里が下腹に力を入れた。秘所からツルッと出てきたのは、殻を剝いた卵だ。愛蜜の味がついた卵を、啓太は絵里に見せつけながら食べた。

卵を出した秘所には、先ほどプレイで使ったバイブをかわりに挿入する。

「ああん……こんなの初めて……」

蜜で濡れた卵を食べる啓太を見て、絵里が腰を揺らめかせた。

音が派手に出ないように、弱モードのまま女芯を責められ、また感じているようだ。

（ノリにノってこんなことまでしてしまった……大丈夫か、俺……）

絵里によると、恵はバイブを入れて旅館を歩かせる羞恥プレイをさせていたらしい。

（女性相手でも、恵さんはすごいな……）

それで、啓太も似たようなプレイをしているのだ。絵里はバイブを内奥に入れたまま、ここまで歩いてきた。人に会うことはなかったが、そのスリルがたまらなかったらしく、ベンチに腰かけた時には太股から愛液の筋がいくつも伝っていた。

「け、啓太さん、帰りましょう……我慢できなくなってきたの」

絵里が体をくねらせる。ブラジャーをしていないので豊乳が揺れているのが丸わかりだ。羞恥プレイの火照りをおさめたいのだろう。

「卵はもういらない？」

卵を女性器に咥えさせて、塩気をつけたのは啓太のアドリブだ。異物挿入は入れる側にもスリルがあった。間違って内奥に呑み込まれたら、病院ゆきだ。

そうならないように、先端だけ淫裂につけた程度だが、興奮は凄まじかった。

「もう、卵でおかしくしたの、啓太さんでしょ。ねえ、お願い……」

危ない橋は渡らないのが啓太の鉄則だが、二人でスリルを共有したのが、プレイのスパイスとなっていた。啓太も、いますぐ絵里と交わりたくなっていた。

「美味しい卵も食べたしね……行こうか」

ビールを飲みほして立ち上がる。カラコロと下駄を鳴らしながら歩いていると、向こうから客が歩いてきた。食事処で見かけた老夫婦だ。

絵里が啓太の腕に寄りかかってきた。人が来て、感度が上がったのだろう。

体をくっつけている啓太には、絵里の淫蜜の匂いが濃くなったのがわかる。

「こんばんは」

老婦人が挨拶した。啓太も挨拶を返す。

絵里は会釈しただけだった。バイブの振動音が聞こえやしないかとヒヤヒヤしたが、
お互い下駄履きなので、その音でごまかせたようだ。

宿は一部屋一部屋離れになっているので、それまで屋外の道を歩かなければならない。部屋が近づくにつれて、絵里の荒い息は喘ぎ声に近くなっていた。

「あん、んっ……」

絵里が鍵を開けて部屋の中に入る。

その途端、絵里の膝から力が抜けた。上がりかまちに倒れ込み、己の秘所に手を伸ばす。バイブの柄をつかみ、抜き差しを始めた。

「んんん、いい、感じすぎちゃって、もう、我慢できないっ」

自慰にふける絵里を見つめながら、啓太は全裸になった。

そして絵里のバイブを引き抜いて、バックから挿入する。

「あああ、おおおっ、すごいっ」

絵里が喘ぐ。快感で下りていた子宮口に、ペニスの先端がグリグリ当たる。

抜き差しのたびに、啓太の体を鮮烈な快感が駆け抜ける。

せっかくバイブがあるのだから――と、振動するバイブを女芯に当てた。

「あう、あうっ、痺れちゃうっ、おかしくなっちゃうっ」

黒髪を振り乱しながら、絵里が尻を振っていた。

抜き差ししながら、絵里の浴衣の帯をほどき、脱がせていく。

バックで律動すると、紡錘形に垂れた乳房がブラブラ音を立てて揺れた。振り子のような動きを見せるバストの迫力と、つゆだくの秘所の音が男の本能をくすぐる。

「体が冷えたから、場所を移そうか」

啓太はそう言って、絵里の目に帯をかけて二度ほど巻くと、後ろで結んだ。

「えっ、どうして……」

羞恥プレイのアイデアが次から次へと湧いていた。

温泉の効能か、それとも恵がしたプレイから刺激を受けたのか――。

旅の中で啓太が無意識のうちに抑えていた部分が解放されたのかもしれない。

「視覚を封じて、体で泉質をじっくり味わえるようにだよ」

と、口から出まかせがすぐに出てきた。絵里は振り向いて、淫蕩な微笑みを浮かべた。温泉が好きなのか、セックスが好きなのか、本当のところはわからない。

しかし、絵里は未知のプレイをすることに貪欲なようだ。

「行こうか……絵里さん、前に出て……」

啓太が促すと、絵里は繋がったまま這って前に移動する。

「むううう……いい……んんっ」

二人が動いたあとには、きらめく雫が床の上に道しるべのようについていく。

四つん這いで動くと、愉悦がキツすぎるのか絵里は肘をついて床にくずおれる。

「頑張って動いたら、もっと気持ちいいことができるよ……」

啓太は乳首をいじくりながら、そう囁いた。

腰の振幅を大きくして、バフッバフッと音を立てて内奥を突く。

「もっと、いいのができるの……」

絵里の口からは涎が垂れて、顎を濡らしていた。

「立って……露天風呂だ」

引き戸を開けて、絵里の部屋備え付けの露天風呂へ出た。

淫欲で熱くなった体を、冷たい風が一気に冷やす。絵里が転ばないように手をとり、風呂へと導く。二人ともつかったところで、啓太は絵里の手を縁につかせて、また背後から挿入した。

「あふううっ……いい、いいっ」

屋外でのセックスは、羞恥心をかきたてるのか、締まりがよくなる。

部屋で交わったときより、肉壺の収縮がキツかった。背筋を射精欲が駆け抜ける。

啓太は、絵里の双乳をきつくつかむことで気を反らした。

「はううっ……痛くて、いい、気持ちいいっ」

乳房を形が変わるほど強くもまれた絵里が喘ぐ。

S字に肢体をくねらせて、悶えている。

「温泉もチ×ポもたっぷり味わえてるかな」

そう尋ねると、絵里は大きく何度もうなずいた。

「すごいの……卵をオマ×コに入れられてから、おかしくなってきちゃった……昨日も、今日もすごいセックス……由布院も別府もすごい温泉だわっ」

快感の大きさに比例するように、絵里の声も大きくなっていた。

いくら離れでプライバシーが確保されているとはいえ、ここは露天だ。大声を出せば他の部屋の人に聞かれかねない。

慌ててバイブを手にとると、絵里に咥えさせた。

「むふううう……お口も……おまふこも……はむううっ」

長い黒髪を揺らめかせ、バイブを咥えたまま官能に身もだえる絵里の姿が、露天風呂のライトで浮かび上がる。律動のたびに鳴り響く音、喘ぎ声、そのすべてが官能的で、啓太の性感も強くなった。

「ああ、大きな声を出したから、さっきのご夫婦がこっちを見ているよ。口にバイブを入れて、後ろからチ×ポを入れられている絵里さんをさ」

もちろん、そんなことはない。露天風呂のまわりは竹垣で囲まれ、外から見られるようにはなっていない。しかし帯で目隠しをされ、燃え上がっている絵里はそれを冷静に判断する余裕を失っていた。

「むううっ……ううっ……ひやああ……」

口からバイブを抜こうとする絵里の手を押さえて、啓太は腰を繰り出した。

パンッパンッパンッ！

夜空に肉鼓の音が吸い込まれていく。

口からはくぐもった喘ぎ声、秘所からは愛液の音が絶えず出ている。

「奥さんの方は見てられないって部屋に戻ったけど、旦那さんが見てるよ……おっぱいをブラブラ揺らす君を」

啓太が囁くと、絵里がバイブを咥えたまま顔を振った。

耳は紅く染まり、額を汗が伝っている。嫌がっているのかと思ったが、つなぎ目から出ているのは泡立った本気汁だ。

「あふっ……ううっ……ふうっ……いい、いいっ」

ようやく口からバイブを落とした絵里が、快感を言葉に出した。

バイブは風呂の縁でモーター音を鳴らしながら振動している。

「見られるのがそんなにいいのかい」

「あうっ、おかしく……ああ、中が熱いのっ」

絵里が律動に合わせて腰を振り、快感を貪っている。

半開きの唇に啓太が唇を寄せると、自分から舌を絡ませてくる。

「んん……ちゅっ……はあ、いい、いいのっ」

愛液の潮味がついたキスを交わしながら、啓太は振幅を大きくしていく。陰嚢がピストンのたびに揺れるほど激しい。

絵里を昂らせるために、乳首を指でクリクリといじると、また声があがる。

「いやらしい姿をもっと見せつけたい？」

そう尋ねると、絵里がうなずいた。

啓太は絵里の左足を抱えて、風呂の縁に乗せた。

絵里は左足を上げ、右足で体重を支えている。もしこの竹垣のあたりに誰かが立っていたら、結合部が丸見えになる体位だ。

「ほら、絵里さんのオマ×コがチ×ポを咥えているところを見られてるよ……」

絵里が、はぁんっ、と甘い声を出した。

感度が上がった証拠に、律動のたびに蜜穴からブシュ、ブシュッと愛液が噴き出ている。それが湯気を上げながら、露天風呂のまわりにある石に飛び散った。

「ああん、中が熱いの。壊れちゃうっ」

絵里の内奥が、肉の圧を強めてきた。

男の本能をくすぐる動きに、啓太の背筋を射精の予感が走る。

「ほら、中に出されるところをじっくり見てもらおうよ」

啓太がラッシュをかけて、子宮を揺すぶる。下りていた子宮口に亀頭が絶え間なく当たり、絵里は悦びの極みを昇っていく。

「あう、あんっ、あんっ、いい、いいっ、イク、もうだめ、中にちょうだいっ」

絵里がそう叫ぶとともに、膣肉がキュンと締まった。

亀頭への刺激と、竿への圧で、啓太も限界を迎えた。

「いいぞ、中にたっぷりあげる……ほらっ、ほらっ」

二度強く突き上げ、そして啓太は動きを止めた。

絵里の蜜壺でペニスが跳ね、派手に樹液をまき散らす。

三度目の射精でも興奮していたせいか、一度目、二度目にひけをとらない量が出た。

「ふううん……」

絵里は鼻から息を漏らすと、啓太にもたれかかってきた。

目隠しをしているので目元は見えないが、口元は半開きになったまま動かない。

失神したようだ。

啓太は絵里からペニスを引き抜くと、湯に腰を下ろした。

軽く開いた絵里の股間から、白濁液が溢れて露天風呂の中に広がっていくのを、啓太は眺めていた。

第五章　武雄温泉　女子会の一夜

1

啓太は、佐賀にある武雄《たけお》温泉元湯のぬる湯につかっていた。

道後温泉も古い建物だったが、こちらの元湯の建物は、現役の温泉施設としては日本最古のものとなるらしい。広々とした湯船と高い天井で、屋内ながら開放感がある。

泉質はとろみがあり、由布院に近い。

夕方なので、地元の人が多く来ている。

この温泉にはぬる湯とあつ湯の二種類の浴槽があった。

「気をつけてくださいね、ぬる湯でもここは熱いです」

めていた。

昨夜一夜をともにした絵里にそう言われていたので、ぬる湯に入る時も気を引き締めていた。

(熱っ……これでぬる湯……東京なら、あつ湯じゃないか)

しかし、地元の人はこの熱さがいいらしく、ぬる湯よりあつ湯に入っている人が多い。九州の人は熱めの温泉が好きなのかもしれない。

旅の思い出だと、あつ湯につかってみた。

(うおおおお。これは熱すぎる!)

源泉に近い温度だからか、肌を刺す熱さだ。啓太は頭に置いていたタオルで前を隠して、お湯から出た。

着替えて、スマートフォンをチェックすると、阿久津と絵里からLINEが来ていた。

阿久津のメッセージを開くと、

——ゆふいんの森!!!!

としか書いていない。由布院で一泊したのち、啓太は予約していた「特急　ゆふいんの森」に乗った。

ゆふいんの森は別府・由布院と博多《はかた》を結ぶ特急列車で、特筆すべきは、そのデザインだろう。格調高い緑色とアクセントの金色のカラーリングは上品で、半円形の運転席付近は車外が見やすいように窓を二段にしてある。クラシカルで斬新なデザインは登場時に衝撃を与えたらしい。すべて阿久津からの受け売りだ。

それくらい、阿久津はゆふいんの森が好きらしい。九州ならソニックか、ゆふいんの森に乗らなきゃ、と阿久津に言われて、啓太は旅程と合いそうなゆふいんの森に乗車した。

木を中心にした内装、外装に合わせた座席のカラーリング、ヨーロッパの長距離鉄道にありそうなサロンスペース……と中も外も楽しめる電車だった。

その乗車時に撮った動画を阿久津に送ったのだ。

——弁当もよかったし、ビールも美味かった。

と、阿久津に返す。

阿久津に言われて、乗車前に特製の駅弁を予約して席で食べた。ちょっと贅沢にアワビやローストビーフの入った豪華版の駅弁を頼んで、地ビールを飲みながらつまんだ。

眺めも乗り心地もよく、啓太はゆふいんの森での旅を楽しんだ。

――明日がゴールですか。

今晩、武雄に泊まったあと長崎に向かい、テーマパーク内のホテルで行われる結婚式に出席する予定だ。この旅の終わりを思うと、少し寂しくもあった。

――そう。ありがとう。帰ったらお土産を渡すよ。ところでさ……『幸福きっぷ』を阿久津くんからもらうと、出会いがあるとか、そういう話、聞いたことない？

いつもはすぐに返事が来るのに、今回は間があった。

――前も似たようなこと言ってきた人がいたんですよ。僕が幸福きっぷを渡したらモテるとかそんなことを。でもですね、僕は全然モテないわけですよ。だから、そういうことがたとえあったとしても幸福きっぷのせいじゃないはずです。だって、僕がモテてないのに、みんながモテるなんて……でも、よかったです。いい思いしてるのなら。

かなりの長文だった。最初は怒りで始まった文面が、最後には啓太の幸運を喜ぶようにして終わっている。

(本当にいいやつだなあ……阿久津君って)

やはり、阿久津のおかげではないのだ。単なる幸運の連続なのだ。

――そうだよね。東京に戻ったら、一杯飲もう。おごるよ。

阿久津からは〝ＯＫ〟というスタンプが来た。土産を渡しがてら、旅の話でもしよう。といっても、夜の部分は話せないが。

(話せるわけないよなあ……)

旅に出てから、狐に化かされたような気分だ。ほぼ毎夜、魅力的な女性と濃厚な夜を過ごす旅なんて、旅に出る前は予想もしていなかった。

(でも、こんな幸運が続くなんて、心当たりはこれしかないんだよな……)

ボストンバッグにつけた『幸福きっぷ』キーホルダーをチラリと見た。

次に、絵里からきたメッセージを確認する。

――もうホテルで待っているみたいですよ。頑張ってくださいね！

というものだった。

(これこそ、誰にも言えない……恵さんの名前をを出されたから、つい話に乗っちゃったんだよなあ)

予定では武雄温泉を素通りして、長崎で観光する予定だった。テーマパーク内のホテルに男一人で前泊するのも気が引けるし、結婚式に出席する親戚と前の日から会っても気詰まりなだけだ。

だから宿泊も長崎の駅付近のホテルにするつもりだったのだが――。

「メンバーが足りなくて困ってるんですよ」

今朝、朝食をともにとっていた絵里が、啓太に言った。

「メンバーって何の？」

「女子会なんです」

「女子会かあ」

自分に関係のないことだと思って、啓太は食後のコーヒーを飲んでいた。

「そうだ、啓太さんにお願いできますか」

絵里が首をかしげる。あざとい。しかし、かわいい。

断りにくい空気をつくってから、絵里は身を乗り出して啓太に囁いた。

「欲求不満を解消するための女子会。つまり、乱交です」

啓太はコーヒーを飲み込んだ。

いつもの啓太ならコーヒーを噴き出していただろうが、この旅に出てから驚くようなことの連続だったせいか、噴き出さずに飲み込める程度には成長していた。

「そんな軽いノリで、大事な女子会に部外者を誘っていいの」

「口が硬そうだし、恵さんのお相手した方なら信用できますから」

そう言って、絵里はご飯を食べる。

恵、と聞いただけで啓太の心臓が高鳴った。

「……恵さんのことを高く買ってるんだね」

「そうでしょう。あの人は、相手選びも妥協してないし。楽しめる相手とじゃなきゃしないタイプですよ」

温泉に行く先々で同性異性問わずベッドをともにする、少し変わった温泉研究法を実践しているからか、絵里はたくさん人を見ている。そのせいか自信ありげだ。

（俺は恵さんに認められたから、フェリーでも誘われたのかな……だったら、うれしいな）

自分が男性的な魅力があるとは思っていない。だとしたら、人間性で評価されたのかも——そう思うと、口元が緩む。

「私もそうなんですよ。予感はバッチリでした。昨夜は……」

絵里が言いかけたところで、啓太はストップをかけた。

さすがにここで昨夜の話はまずい。

「えーと、テーマパークの前は、特に予定ないんですよね。だったら、九州で最後にいい思い出をつくると思って……あと、人助けだってことで。ね、お願いします」

絵里は手を合わせたまま首をかしげた。あざとい。けれどかわいい。

（えーと、指定されたのはここだよなあ）

武雄温泉のシンボルである国指定重要文化財の楼門《ろうもん》前で待ち合わせることになっていた。門の部分は白壁で、二階の回廊部分は鮮やかな朱塗りの建物だ。

一九一五年に完成した楼門と新館は竜宮城を模しているそうだ。新館はもう施設として使われていないが、当時のモダンな意匠を楽しめるので、無料で中を見学できた。

（大正の竜宮城か）

ライトアップされた建物を見上げる。

冬の空気のせいか、光は冴え渡り、本物の竜宮城のようだ。

しかし、堂々とした建物の前に立ちながら、啓太はびくついていた。

（今度こそ、トラブルに巻き込まれそうだな……）

そう思いながらも、逃げずに待っているのは、絵里が啓太のことを「恵が選んだ相手」だから信用したと言ったからだ。

空は薄い藍から紺色に染まり、気の早い星が瞬いている。

コートの襟を立てた啓太のスマートフォンが震えた。絵里から教えられた番号だ。

「あなたが絵里ちゃんご紹介の子ね。待ってて、いま行きますから」

元気な声が飛び込んできた。

電話が切れると、目の前に黒の外国車が止まった。

（これ、かなりの高級外車だよな……）

後部座席の窓が下りる。そこから顔を出したのは、年の頃は四十くらいの女性だった。鼻筋は通り、深紅の口紅がよく似合っている。耳に光るのはダイヤだろうか。アップにした黒髪には、髪飾りがつけられている。デザインのこった櫛《くし》で、女性は海外ドラマに出てくる英国貴族のような雰囲気があった。

切れ長の目が、ちらっと啓太を見る。

女性がうなずくと、助手席の窓が下がる。こちらは肩くらいの髪をワイン色に染めた、少し派手目の女性だ。年齢は貴婦人風の女性より少し年下だろうか。ラベンダー色のVネックトップスの間から、胸の谷間が見えている。

「後ろにどうぞ。私たちが今日の女子会のメンバーよ。よろしくね、啓太さん」

電話をかけてきたのは、この女性だろう。

啓太は逡巡《しゅんじゅん》したあと、清水の舞台から飛び降りる気持ちで乗車した。

隣には、例の貴婦人。赤のニットワンピースを着ていた。驚くほどスタイルがよく、隣に座っただけで鼓動が上がる。

助手席には、ワイン色の髪の女性。こちらも体のラインを強調したVネックトップスに、白いタイトスカート姿だ。鼻が高く、はっきりした顔立ちの美人だ。

そして、運転席には──。

「シートベルト締めてくださいっす。しないと、アラームがキンコンうるさいんで」

金髪のロングヘアの上に黒いキャップを斜めにかぶった女性がいた。ボンバージャケットにデニムのショートパンツ姿の、色黒で若い女性──ネットなどでは黒ギャルと言われるタイプだ。肌のみずみずしさからして、未成年かもしれない。

高級外車には貴婦人、ビジネスウーマン、黒ギャル。

（な、なんなんだ、この組み合わせは……）

啓太の戸惑いなどおかまいなく、車はなめらかに走り出した。

2

「お腹いっぱいになったかしら」

月子《つきこ》が啓太に尋ねた。月子はワイン色の髪の女性だ。

「ええ。もうそれは……」

啓太は武雄の温泉街から少し離れたところにある高級旅館の貴賓室にいた。

部屋の広さも、部屋備え付けの露天風呂の広さも、いままで啓太が泊まった部屋の倍以上。部屋数は四つもあり、和室洋室がそれぞれあった。

「若い男性とお食事するのって楽しい」

月子が啓太をじっと見る。

「いっつも食べてるっしょ、月子さんは」

黒ギャル——羽菜《はな》がワインを飲みながら言った。羽菜の瞳が大きく見えるのはブルーのカラーコンタクトレンズのせいだろう。背中までの長い金髪に派手なメイクは羽菜がもともと持っている奔放な魅力を引き立てているように見えた。

食事は広さ二十畳ほどの洋室でとっていた。

部屋に着いたときにはすでにテーブルセッティングされ、白いクロスの上に燭台《しょくだい》やカトラリーが並べてあった。

月子は話し上手で、啓太のプライベートに踏み込まないようにしながら、話を盛り上げる。これまでの旅の思い出、電車の話……。

「電車の話とか、飽きませんか。大丈夫ですか」

「面白いっしょ、今時フェリーと電車って、普通しない旅じゃん？」

羽菜が答える。

「もう、楽しみなのはお食事ではないでしょう、月さん」

そう行ったのは雪子《ゆきこ》――赤いニットワンピースの淑女だ。

所作もエレガントで、この高級旅館にもっとも馴染んでいるのが彼女だった。

「雪子さんったら、気が早いのね」

「月さん、夜は長いようで短いわ……今日はそのために来たのだから……」

「明日もゆっくりできるじゃないっすか」

羽菜は、ボンバージャケットを脱ぎ、白にバンドのロゴが入った短めのTシャツと裾を切り落としたデニムのショートパンツ姿になっていた。Tシャツの下にはブラをつけていないらしく、乳首の部分がポチッと出ていた。

日焼けした肌と胸のほうに、啓太の目は吸い寄せられる。

「私たちはね。でも、先を急ぐ旅人もいるじゃない」

雪子は含みを持った言い回しをする。月子と羽菜は慣れているのか、聞き返すこともない。

食事が終わると、ワゴンを押したボーイが現れ、食器を下げるとコーヒーと紅茶を置いて戻っていった。

「月さん、デザートの時間よ……」

雪子が羽菜の肩を抱いて、ダイニングテーブルからソファに移動した。

月子からコーヒーを受け取った啓太は、

(デザートならコースで食べたよな)

首をかしげていたが——雪子と羽菜の様子を見て、ガクンと顎を落とした。

ソファでは、ショートパンツを脱ぎ、秘所を出した羽菜が雪子にのしかかられていた。羽菜の手は雪子の首に回されており、二人はキスを交わしている。

「ん……ちゅ……」

雪子の手は、羽菜の秘所と胸に伸びていた。

(あっ……あそこにピアスが)

へそにピアスがついていて、愛撫されるたびにそれがきらめきながら揺れる。

「羽菜ちゃんのピアスがかわいいわ……あれを咥えるとくすぐったがって、乱れちゃうの」

月子が啓太に手を伸ばす。

(絵里さんが言っていたとおりの女子会だ……)

この三人と絵里との出会いは、箱根《はこね》だったという。そこで絵里は誘われた。

「お風呂に入っていたら声かけられて。同類は同類がわかるっていうんですかね。こっちがエッチ好きなのわかって、パーティーに誘ってくれたんですよ」

温泉付の貸別荘を借り切っての淫らなパーティーだったそうだ。

互いの素性は深く知らないらしい。呼び方はあだ名で、雪月花をもじって、雪子月子花子、だったのが、花子だとダサいということで羽菜に変わったらしい。

主催は雪子で、参加者はその時その時で変わる。

絵里が参加したときは、東京のエスコートクラブから男性が派遣されてきて、かなりのイケメンたちと楽しんだという。

今回は羽菜が知り合いの男性を連れてくる予定だったが、サイズを聞いた雪子が難色を示して、急遽《きゅうきょ》絵里に連絡が来たらしい。そこで、絵里が啓太を紹介したのだ。

「絵里さんが褒めていたわよ、あなたのこと……」

月子が服を脱ぐ。肉感のあるボディー、張り出したヒップ。アーモンド形の目で彫りが深い、かなりの美人だ。ウエーブを描いたワイン色の髪は、乳首と同じ色だった。

レースショーツ一枚の月子の秘所が、薄明かりで見える。

縦筋の毛は脱毛済みなのか、そこには何もない。

月子は、舌なめずりしながら、啓太の足下にひざまずき、ベルトを外してファスナーを下ろした。

「あら、元気だわ」

バネじかけのように飛び出した啓太の陰茎を見て、顔をほころばせる。

「雪子さん、ごらんになって……素敵だわ、この方」

しかし、雪子は顔を上げなかった。

「あんっ……いいです……そこ……あんっ」

羽菜の股間に雪子は股間を埋めて、若い蜜汁を味わっているようだ。

「あっちはあっちで始まっちゃったわね……あとでいいものが見られるから、それまで楽しみましょ」

月子が啓太の肉棒の根元にネイルされた指先を絡めると、大きく口を開いて亀頭を咥えた。肉厚の唇が亀頭のエラのところですぼまり、愉悦が背筋を駆け上がる。

（すごい……上手い）

フェラチオをするにも、まず唇で男の急所を締めながら、顔を下ろしていく。そのたび、背筋に鳥肌が浮く。

「いいサイズ……こういうサイズ、好き……」

月子がきれいにカールのついたまつげの向こうから、こちらをじっと見る。視線で蕩けそうになると、今度は熱い息をペニスにかけてくる。

（根元まで咥えられていないのに……俺、もうビンビンだ……）

啓太のいる場所から、羽菜が雪子にクンニされている様子が見えた。羽菜は褐色の肌をくねらせながら、雪子の頭を抱えて股間に押しつけている。

「あんっ……はんっ……あんっ……」

褐色の双臀が敏感な場所をいじられるたびに跳ねている。

「若い子ばっかり見てちゃダメ……それとも、近くで見ながら……する？」

月子が啓太を立たせて、ズボンと下着を脱がせた。そして、手を引いてリビングの方へと連れていく。

羽菜と雪子が交わるソファの前で四つん這いになると、ヒップを突き出した。

「私も欲しくなっちゃった……」

黒のレースショーツに包まれた大きなヒップは形よく、理想的な丸みを描いていた。太股の付け根にある縦筋を遮るのは、そのレースだけだ。

レースは淫蜜で濡れて、クリスタルをちりばめたような光を放っていた。

「入れて……」

月子がヒップを振る。啓太は月子のショーツを下ろした。ショーツから縦筋が離れると、蜜が糸を引いているのが見える。無毛の秘所は、褐色のすぼまりから、ワイン色の秘唇まで丸見えだ。啓太は引き寄せられるように、秘所に口をつけた。

「あう……」

月子が四肢を震わせる。ペニスが来ると期待していたのに、キスされて驚いたようだ。無毛の女丘を見るのは初めてで、啓太は興奮していた。舌を伸ばし、土手肉を舐め回す。陰毛の感触のないクンニは新鮮で、いつまでも舐めていたくなる。

「んっ……舐められるの、弱いのぉ……」

月子が汗の浮いた背筋をうねらせた。ほどよくついた脂肪のおかげで、背筋のくぼみがはっきりとしており、薄闇のなか官能的に浮かび上がった。

土手肉の次は陰唇、陰唇の次は女芯、そしてまた陰唇に戻って蜜を吸う。

「おほおお……いい、いいわぁっ……」

月子が女豹《めひょう》のように喉を晒して喘いだ。蜜の味と、啓太の前戯で身もだえる姿を見て、ペニスはギンギンになっていた。

啓太は月子の尻を左右に広げると、淫裂にペニスを突き立て——一気に挿入した。

「来てる……んんんっ……あんんっ」

月子が髪を振り乱す。先が子宮口に当たっていた。

啓太は、まずは深い突きを繰り出すことにした。亀頭を子宮口に当てたまま、腰をグイグイ押していく。

「あんあんあんっ……」

啓太は視線を感じた。

ソファに目を向けると、四つの目が啓太を見ていた。雪子は長い舌をピンク色の肉裂で蠢かせながら、啓太のペニスへと視線を向けている。羽菜はというと——。

「月子さん……べろちゅーしよーよ」

褐色の相貌を汗で光らせながら、舌を月子へと伸ばした。

月子の白い横顔が羽菜に近づき、二人は濃厚なキスを交わす。合わせた唇から唾液が溢れ、二枚の舌はクチュクチュと蠢き、泡立った唾液が床に滴り落ちる。

「あっ、うんっ、上も下も最高っ……」

羽菜の秘唇を、雪子の指が左右に広げていた。肌が褐色なだけに、陰唇の淡いピンクがきわだつ。雪子が、そこに赤い舌を押しつけ、ピチャピチャと音を立てながら上下に動かしている。

（すごく、いやらしい……）

褐色の肌が汗に濡れ、快楽でくねる。へそのピアスが、腰が跳ねるたびに揺れる。

熟女二人に責められる羽菜を見ているうち、啓太の欲望に火がついた。

月子の大きな尻に、若腰を猛烈な勢いでたたきつける。

「ほうっ、ほうっ、はふっ……ひひ……れろ、れろ……」

月子はきれいにリップが塗られた唇の端から、涎を垂らしていた。ゴージャスな相貌が愉悦でゆがみ、鼻腔から切なげな吐息を漏らす。愉悦の涎を羽菜と分け合い、股間からは喜悦の汁を盛んにこぼしている。

「月さん、啓太さんのペニスが気に入ったらしいわね」

雪子は羽菜を舐めながら、自分のワンピースをまくりあげた。ストッキングは赤いガーターベルトで止められていた。白肌に赤のコントラストが艶めかしい。

「雪子さん……この方……硬くてタフだわ……あん、あんっ」

そして、この三人の中でもっとも上品に見える雪子だが——彼女は下着を穿いていなかった。陰毛の形は整えてあるが、濃い目だ。黒い草叢は女露で濡れ光っている。

羽菜の秘所を味わいながら、雪子は己の蜜穴で指を抜き差しさせていた。

「ねえ、あなた。わたくしのオマ×コもいじってくださらない」

雪子がソファから下りて、月子と並んで尻を突き出した。

目の前でギャルを愛撫する姿を見て、昂っていた啓太は何も言わずに指を雪子の秘所に挿入した。いきなり指を二本入れても大丈夫なほど、ほぐれていた。

「はうんっ……殿方の指はいいわっ」

雪子の肩が跳ね上がる。雪子のヒップに月子ほどのボリュームはないが、形のよさと肌の艶やかさではひけをとらない。

目の前で揺れる二つの豊臀を、指とペニスで自分が感じさせているなんて、信じられない。

（しかも、二人とも熟れてて、腰の動きがすっごくいやらしい。いままで出会った中で、最高の肉食系かも……）

絵里も詳しくは知らないようだが、雪子は有閑マダム、月子は実業家、羽菜は二人がハプニングバーでナンパした子らしい。生活の接点がないもの同士だが、セックスに貪欲な点では趣味が合い、パーティーを開くときはそれぞれの持ち味を生かした男を紹介して、快楽にふけるのだという。

「啓太さんの素人っぽい雰囲気がまたいいわね……あん……上手……いい……」

雪子は吐息を漏らしながら、羽菜の秘所に顔を埋めていた。

熟女の愛撫で、羽菜の褐色のヒップが切なげに震えている。

「雪子さん、ああ、もううち、ダメ……テクすごいっ、あう……」

熟女の愛撫で昇りつめていく羽菜の姿は刺激的だった。

啓太の肉棒が月子の中で反り返りを強くする。

「あうっ……やんっ、こっちも……あんん……」

月子の尻に汗が浮いた。羽菜と舌を絡ませながら、月子も腰をグラインドさせている。子宮口を反り返ったペニスで連打され、体の芯が熱くなっているようだ。

快感の強さをうかがわせる、白濁した女露が結合部から飛び散る。

「月さんも、羽菜さんもイキそうなのね……ああん、わたくしもイキたいわ」

雪子が、流し目を啓太に送ってくる。妖艶な視線を受け、啓太は指ピストンのピッチを上げた。

パチュパチュパンパンパンッ、クチュチュ、ヌチュヌチュ……。

交わりの音、舌を絡ませるキス、指を抜き差しさせる時の湿った音——。

それらが離れのリビングを満たしていく。

「いい、いいっ、うち、もう、もうっ……イク……」

羽菜は弓なりにのけぞったあと、ガクッと動かなくなる。

啓太は、次に月子を陥落させるべく、猛然とラッシュを繰り出した。

パシュッ、パスッ、パンパンパンパン！

陰嚢が揺れるほどの激しい律動で蜜壷を突き上げる。

「おおう、おう……雪子さん、この方、すごいわ、ああああんっ」

月子の内奥が蠢き、秘肉が四方から啓太に絡みついてくる。抜き差しの動きが緩慢になるほどの締め付けだが、啓太はこの旅でかなり鍛えられていた。

射精欲に抗いながら、女性を狂わせるまでピストンを繰り出せる。

「ああん、啓太さん、中が切ないの、イッて……おおう、イクイク……くううっ」

月子が達しそうになると、啓太は律動を緩めた。

「いやああんっ」

鼻にかかった声で、ピッチの速い律動を求めてくる。月子は己の腰を前後させ、欲望を遂げようとしていた。その間も、啓太は雪子の秘所で指を動かし続け、月子と同じように悶えさせている。

「イキたい……ああ、動いて……」

「指もいいけど……オチ×ポが欲しいっ」

熟女二人がもどかしげに声をあげた。

焦らしが利いたのを見て、啓太は指とペニスのピッチを同時に上げた。

パスパスパスパスパスッ！　グチュニュチュニュチュグチュ！

愛液の飛沫が、双方の尻から飛び散る。

「あんあんあんっ、すごいの、いい、いいっ、くううっ」

月子の背筋が緊張しているのがわかる。イキそうなのだ。

啓太は、ここぞとばかりに強い突きを子宮口に放った。

「おおお……イク……イク……」

月子の両手から力が抜けた。尻を突き出したまま、ガクッと床の上に顔を下ろし、体をヒクつかせている。

月子がイッたのなら――啓太は発射寸前のペニスを雪子に突き入れた。

「ああんっ、硬いのがわたくしのところに来たわっ……あ、ああんっ、素敵よっ」

雪子は着衣のままで、むき出しなのは秘所だけだ。赤いガーターベルトとストッキング、ハイヒールのせいで、やけにいやらしく見えた。

その姿の雪子をバックから責めることで、啓太の興奮も高まっていく。

「あ、あっ、あんっ、あっ、深いわ。奥が熱くて、わたくし、ああ、ああんっ」

子宮を連打された雪子は頭を振り乱した。セットされた髪が乱れ、細かい細工にクリスタルがついた髪留めが床に落ちる。

貴族然とした雪子が、尻だけを出して快感に溺れる姿は淫靡だった。

(我慢できない……)

しかも絶頂前の締まりで、男を締め付けてくる。ありとあらゆる快楽を味わうために鍛えているのか、内奥の締まりは極上だ。

雪子の白い尻が赤くなるほど強く腰をたたきつけ、深い突きを放つ。

「ほおっ……ほおお……おお、もう我慢できないわっ。い、イクうううっ」

雪子の全身が痙攣した。それとともに、内奥の締め付けが強烈なものとなる。

百戦錬磨の女性三人相手に我慢に我慢を重ねた啓太は、ついに決壊した。

「うおっ……おおおおおっ」

ドピュッ、ドクドクドクッ！

ペニスが内奥で跳ね、大量の白濁が熟女の膣に注がれる。

「あおおお……すごいわっ。若いお汁がいっぱい来てるっ」

雪子が尻を震わせながら、牡汁をすべて女壺で受け止めた。

すべてを出したあと、啓太はペニスを引き抜いた。

すると——尻をヒクつかせて余韻に浸る雪子の元へ、月子と羽菜がやってきた。

熟れた蜜口から白濁を羽菜が舌で受けると、月子が唇を重ねて嚥下した。

そして、また白濁を羽菜が舐めとる。

若い舌での後始末を受けるたび、雪子は満足げな吐息を漏らしていた。

3

「どう。痛くないかしら」

全裸の月子が啓太の手首につけられた皮手錠をそっと撫でた。

「大丈夫です……」

もう片方の手は、こちらも全裸の羽菜が固定していた。

褐色の大きな乳房が、少し動くたびに揺れる。肌は褐色だが、乳首は鮮やかなピンクで、女裂と同じ色だ。

四人は寝室に来ていた。この皮手錠は雪子が用意したものらしい。

（しまった……いくらエロいお姉さんたちだからって、言うこと聞いて拘束されるなんて……これだったら何されても俺は抵抗できないじゃないか……俺の馬鹿！）

奥から怖いお兄さん、あるいはお姉さんが出てきて、キャッシュカードを取り、暗証番号を聞き出されて、素直に答えても縛られて海の藻屑になる自分の姿が浮かんだ。

時間が経っても遺体は発見されず、啓太の亡骸《なきがら》は九州で魚礁《ぎょしょう》となり——。

「準備できたっ」

皮手錠のベルトを固定した羽菜が、奥にいる誰かに向けて言う。

最悪の想像が現実になる瞬間が来た。ぞわり、と鳥肌が立った。

きっと奥からは鉄パイプを持った輩《やから》が来て、そして――。

「えっ」

かわりに出てきたのは、雪子だった。だが、啓太が見たことない姿だ。

上半身は赤いブラ――しかし、乳房を覆う部分には何もない。三角形の赤い紐の中から、白い乳房が突き出している。これをブラジャーというのか、啓太はわからないまま視線を下の方へ向ける。

股間には赤いビニール製のショーツのようなものを穿いている。

ようなもの、をつけたのは、股間の中心に、普通ないものがあったからだ。

「雪子さんイケてる。そのペニバン、似合いすぎっしょ」

羽菜は雪子に惹かれているようだ。

ペニスバンド――略してペニバンは、パンツの中心にバイブがついている性具だ。

雪子が穿いている赤いショーツの股間部分には紫色のバイブがついていた。

「あら、羽菜さん、わたくしのオチ×ポを咥えたいの？」

雪子が羽菜の顎に手を添え上向かせる。女王のような風格が雪子からは漂っていた。

「はい……雪子さんの紫チ×ポ、ペロペロしたい……」

羽菜が口を開いて、紫の男根を咥えようとする。

しかし、雪子は羽菜の唇に指を立てて、こう言った。

「羽菜さん、まずは、わたくしたちのために参加してくださった殿方をおもてなししないと。それが礼儀でしょう」

月子が、啓太の右腕に頭をのせた。腕枕の体勢——とも言えるが、啓太の腕は拘束され、伸びているので、これは正確には腕枕とはちょっと違うような気がした。

すると、羽菜が反対側で同じ姿勢をとった。

白く大きなバストと、褐色のバストが左右から啓太の胸に当たる。

(うわっ、両手に花だ……)

体を豊乳でくるまれる感触に恍惚となる。

「いい思い出にしましょう」

月子が啓太に口づけた。

肉厚の唇と、ワイン色の口紅。先ほどのプレイのあと、洗面所でまたメイクを直したようだ。隙なく化粧した月子からは、完成した大人の色気が漂っている。

「月姉だけって、ずるいっしょ」

月子と啓太の重なった唇の上に、羽菜が唇を合わせてきた。三人は舌を出し合う。突き出された啓太の舌に、左右から月子と羽菜の舌が絡んでいた。淫猥なキスを受け、怯えきっていた男根が息を吹き返す。

「キスだけじゃ足りないっしょ」

羽菜が啓太の胸に派手で長いネイルをつけた指を這わせる。なめらかに仕上げられた指先で肌を撫でられる快感に、啓太は呻き声をあげた。胸は羽菜だけでなく、月子にもくすぐられていた。左右からの愛撫に勃起はキツくなり、肌が汗ばんでいく。

「いい子ね……いい子……ふふ、こっちも硬くしちゃって」

月子の爪先が、啓太の乳首に触れた。

（くすぐったいような……気持ちいいような……）

妙な快感が背筋を走る。腕を動かせない啓太は、腰をうねらせていた。

「かわいく悶えすぎっしょ。でも、もっとよくしてあげるから」

羽菜が舌を伸ばして、啓太の乳首を舐めはじめた。女性の乳頭をこうして愛撫したことは幾度もあれど、されるのは初めてだ。

「やばいです……乳首が感じちゃって、アソコが痛いくらいになってます」

勃起はキツくなり、反り返ったペニスの先からは、我慢汁がへその下へと垂れていた。蜘蛛《くも》の糸についた朝露のように汁が光を受け、へその下できらめいている。

陰嚢は触られてもいないのに、きゅっと上がっていた。

「感度がいいのね。素直な人は好きよ」

月子が乳房を押しつけながら、乳首をレロレロ舐めてくる。

胸に当たる豊乳の感触、乳首から脳天を突き抜ける性感。たまらず、腰が跳ねる。

「あらあら……オチ×ポがつらそう」

雪子が啓太の足下で膝をついていた。口をすぼめると、口腔内にためた唾液を亀頭へと垂らす。淑女然とした雪子が淫らな愛撫を施す光景だけで、息を忘れそうなほど興奮してしまう。

「我慢のお汁がたっぷり出てるわ。かわいらしいわね」

雪子が啓太を見ながら、己の乳房を下から持ち上げた。

そして、ゆっくりとペニスを柔肉で挟み、乳房を上下に動かす。

「おお……」

両乳首をそれぞれ別の女性に舐められ、ペニスはパイズリされている。

男の夢のようなシチュエーションだ。現実とは思えない。もしかしたら、あのとき駅の階段を落ちて骨折したのは頭で、いま見ているのは昏睡中の夢なのかもしれない。

そうだ、それなら理屈が合う。夢の中で夢を見ているのだ。

「羽菜さん」

「何」

「よければ、俺の頬をたたいてくれない」

「そういう趣味……いいよ」

羽菜は思いっきり啓太の頬を打った。

「いったあああ！」

「痛いの当たり前じゃん。絵里さん、みょーな男を連れてきたんじゃね」

「羽菜ちゃん、この状況をすぐに受け入れる方が変わってるのよ。こういう普通の反応、新鮮でいいわ。だって、エスコートクラブの子、イケメンだったけど、反応が薄くて……」

「たしかに、エロに慣れすぎてるのも寂しいかもしんない」

――あんたは慣れなさすぎじゃね？

と、羽菜の目が語っている。

啓太は、こんな状況に慣れている方が絶対におかしいと思った。

「わたくしたちは、ただ、後腐れなく一夜を過ごしたいだけなんですから……ご安心なさって」

雪子はそう告げると、パイズリのピッチを上げた。タプタプッと乳房が音を立てて揺れ、肉の愉悦と視覚からくる興奮が脳を蕩けさせる。

雪子の乳房プレイは絶品だった。乳房が上下に動くたびに我慢汁がしとどに溢れる。

「あら、もったいないわ」

口をOに開いて、雪子が亀頭を咥えた。敏感な亀頭のみをフェラされながら、豊乳でパイズリされる快感に、啓太は喘ぎ声をあげていた。

ジュル……ジュル……ズッズッ……！

いやらしい音が連続する。

「雪子さん、美味しい？」

月子が長い舌で啓太の乳首を愛撫しながら尋ねると、頬をへこませペニスをバキュームフェラしていた雪子がうなずいた。

「雪姉の舌最高っしょ。今日はチ×ポ汁が空になるまで出していいから」

羽菜が褐色の相貌を寄せ、啓太と唇を重ねた。

「むうう……むうう……」

いままで、女性を愛撫しながらキスしたことは幾度もあれど、こんな風に受け身の状態で、しかも自分が喘ぎ声をあげながらキスされるのは初めてだ。

啓太の吐息は、すべて羽菜の口内に呑み込まれていく。

（愛撫される側にまわってみると、新しい世界を味わえる……）

両手を拘束され、啓太は何もしていない。一方的に奉仕されるだけだ。

手を動かして羽菜や月子、雪子に触れたいけれど、それもできない。

だが、なすがままの状況は悪いものではなかった。

「すっごい汗。マジ感じてる？」

カラーコンタクトが入った羽菜の青い瞳が啓太を見ている。

啓太はうなずいた。性感帯という性感帯を責められて、体も、頭もおかしくなってしまいそうだ。

「でも、これは始まりなのよ」

月子が啓太にのしかかり、乳頭を啓太の乳首に擦りつけてくる。柔乳の感触と、芯の通った乳首での愛撫に、また性感が高まる。

股間では雪子が熟練のフェラで、亀頭を責め立てていた。

「おおう……おううっ……」

汗まみれの体がしなった。手を拘束されて自由がないせいか、感度が上がっているようだ。全身がひどく敏感になっている。

羽菜が唇を啓太の口から耳へと移して、耳を舐め回した。

「あら、羽菜さんが耳を舐めたら、オチ×ポが跳ねたわ……感じてるのね」

双乳を上下に動かしながら雪子が囁く。

「うち、もう入れられたいんだけど……」

羽菜が潤んだ瞳を啓太に向ける。雪子の双乳の間から顔を出す赤黒い亀頭を見て、辛抱できなくなったらしい。しきりに腰をうねらせている。

羽菜が足を開いた。褐色の太股の奥にあるピンクの襞肉は、蜜汁でぬめっている。

「わたくしも……」

「私も」

女性三人が、それぞれ欲情したらしい。誰が啓太のペニスを咥えるのか、話し合いが始まるかと思ったが、三人は阿吽の呼吸で動いていた。

月子が啓太の顔の上に立つ。そして、M字に足を開いて腰を下ろしていく。

（おおお……）

ゆっくりと無毛の秘所が近づいてくる。視界が月子の股間でいっぱいになる前に、啓太の股間に雪子が陰唇をあてがっているのが見えた。ペニバンつきのパンツは、秘所の部分に切れ目があるようだ。股間からペニス状のものを突き出した女性と交わると思うと、倒錯した興奮が湧き上がる。

「あ……あん……いい、いい硬さよ……」

雪子の熟れた蜜肉が啓太の陰茎をくるんでくる。啓太は、あまりの心地よさにため息をついた。腰がゆっくり下りて、肉茎の根元までくわえ込んでいる。

結合したなら、上下に動きが来る——と思ったところで——。

「私もよろしくね」

月子の秘所が啓太の唇に押し当てられていた。息ができるように少し隙間は空いているが、この状況では舌で愛撫するよりほかはない。

啓太は月子の無毛の縦筋にとがらせた舌をねじこんだ。

「むふっ……んんっ」

月子はボリュームある乳房を揉みながら、腰を前後に揺らしていた。

啓太が顔を動かさなくても、舌を伸ばすと敏感な場所に当たるらしく、しきりに喘ぎ声をあげている。

「ひゃあ……雪姉のチ×コ……いいっ」

羽菜が声をあげた。啓太の腰を太股が挟んでいる感触があったが、月子の股間で覆われ、何が起きているかわからなかった。

「うふ……何が起きてるか見てみたい？」

月子が腰を上げる。股間にまつわりついた啓太の唾液と、たっぷりの淫蜜が糸を引きながら垂れる向こうで、雪子が羽菜を後ろから抱いていた。

雪子は両手は褐色の豊乳を揉み、相貌を羽菜の肩に乗せて顔をのぞきこんでいる。

（まさか……ペニバンで……）

そのまさかだった。羽菜は雪子に淫具で愛撫され悶えていた。

雪子は啓太のペニスで、羽菜は雪子のバイブでそれぞれ貫かれている。

羽菜のピンクの秘所は、雪子から突き出た紫の淫具をしっかり咥えていた。

「啓太さんのが欲しいでしょうけど、いまは私のオチ×ポで我慢してね」

「雪姉のチ×コ好きだから、だ、大丈夫……あぅんっ」

刺激的な眺めに、啓太のペニスは強く反応した。雪子の内奥で跳ね、媚肉をかき分ける。そして、自由になる腰が、勝手に上下動を始めていた。

「おお……おおっ……いいわ……下からズンズンくるの……」

雪子が喘ぐと、羽菜も喘いだ。

「啓太さんが動くと、うちの中でも雪姉のチ×コがズブズブするからぁ……あんっ」

羽菜の尻が啓太の腰の上で激しくグラインドしていた。

湿った音を立てながら、腰になすりつけられる若い秘裂の感覚に啓太はクラクラしていた。愉悦に酔った啓太は、目の前にあるものすべてを征服したくなった。

「あんっ……あああんっ……クリが……あんあんあんっ」

月子の女芯に口を当て、強く吸引すると、大きな喘ぎ声があがった。

啓太が、美女の秘所を舐めて悶えさせ、もう一人の淑女と交わって感じさせ、その律動は淑女と繋がった黒ギャルをも狂わせている——。

(俺ばっかりいい思いしてちゃ悪いよな……)

啓太は皮手錠に繋がった鎖をつかんで、引っ張った。これで、上体が固定できる。

そのまま、腰の上下動を強くする。

「あ、ああ、どうなさったのっ、啓太さん。すごいわっ、ああん、わたくしの奥が」

雪子が悩ましげな声をあげた。

下から股間を突き上げられた雪子から、バスッパスッパスッパスッと空気を含んだ破裂音が響く。つなぎ目は熟れた蜜汁で濡れ、啓太の腰骨のあたりまでヌルヌルしている。

「雪姉っ、動きすぎっしょ、うち、これじゃおかしくなるから、ダメっ」

羽菜の手が、啓太のあばらのあたりに置かれた。

啓太の動きが雪子を通して伝わり、それで羽菜の官能が深まっているようだ。体を支えていられなくなり、手を前についたのだろう。手のひらは汗で濡れていた。

「啓太さん、すごいわっ、私のビラビラもメロメロなのっ」

月子が己の乳房を揉みながら、腰を振っている。啓太はここにいる女性すべてを感じさせたいと、気力体力をすべて使っていた。

腰では雪子と羽菜を責め、舌をしきりに動かして月子の急所を舐め回す。

（まずは、雪子さんからだ……）

啓太は上下動に加えて、腰をグラインドさせた。亀頭が雪子の内奥をめぐったとき、とある部分で雪子の喘ぎ声が大きくなった。膣道の尿道側――ここが雪子のGスポットらしい。啓太はそこを狙って突き続ける。

「あ、あああんっ、そこ、そこなのっ。そこ、わたくし弱いのっ」

蜜肉を翻弄され、雪子が初めて狼狽した声を出した。ずっと余裕ある淑女といった風情だった雪子の、本当の顔が現れる。

「雪姉が、本気で感じてる……うちも感じちゃうっ」

羽菜は雪子に心酔していたのだろう。だから雪子が乱れる姿を見て、性感が昂ったらしい。ペニバンを通して伝わる啓太の動きに加え、雪子の官能的な姿に興奮している。蜜の量は三人の中で一番多く、啓太の腹を伝ってシーツまで垂れていた。

「ああ、お二人が感じてる。絵里さん、素敵な方を紹介してくれたわ、あっ、あっ」

月子の太股がヒクヒク震えていた。とがった女芯を集中して舐め回されたのと、仲間二人が悶える姿が媚薬がわりになり、興奮を深めたようだ。

「羽菜ちゃん……」

月子が啓太にクンニされたまま、のけぞって羽菜と口づけを交わしている。

「月姉……んん……ちゅ……」

舌を絡ませ合う深いキスの音が、啓太の鼓膜を刺激した。

部屋には、結合の音や蜜の立てる湿った音、そして女性同士の甘いキスの音が響いている。そのどれもが、音だけでヌケるほどいやらしい。

(明日の結婚式がどうなろうといいや……いまここにいる人をイカせまくりたい)

啓太の欲求に火がついた。

雪子の子宮口を狙って、鋭い突きを幾度も放つ。

淫乱な熟女は蜜穴から本気汁を散らしながら、体をくねらせていた。

「おお、おお、わたくし、イ、イクッ、もうもたないのっ」

雪子の尻が震えている。全身に絶頂前の痙攣が走っているのだろう。

「う、うちも……うちもイキそう……雪姉、一緒にイッて……」

「ええ、イキましょう……」

雪子と羽菜は呼吸を合わせて腰を振り始めた。啓太も下から突き上げる。

パンパンパンパンッ！

小気味いい破裂音が鳴り響き、熟女の秘所と若腰が当たる。

「イク、イクわっ、わたくし……イックウウウ！」

雪子が腰の動きを止める。それと同時に——。

「うちも無理……もう、イッちゃうっ」

羽菜が痙攣した。そして、二人の秘裂から同時に、ブシュウウウッと音を立てて、愛蜜が噴き出る。

「あん、あん……ふう……」

雪子が羽菜を抱いて啓太の上から下りると、啓太の隣に横たわった。

余韻を楽しむように、羽菜と口づけを交わしている。

その湿った音が耳を打った。

「私も啓太さんのオチ×ポでイカせて……」

月子は啓太の顔から腰を下ろすと、そのまま後ろへと下がっていく。啓太の胸から腹には、月子がつけた蜜液の道ができていた。

月子が啓太のペニスをつかむと、ふっと微笑んだ。

「雪子さんの本気汁でドロドロになってるわぁ……いやん、いやらしい……」

赤黒いペニスは、本気汁の白でまだら模様がついていた。青筋を立てて反り返る男根は、そのせいもあって卑猥さが増している。

月子は上唇を舌でゆっくり舐めた。

「いただくわ……」

豊腰が沈んでいく。淫裂が切っ先に押しつけられ、二つに割れる。そして、ヌプヌプと音を立てながら啓太の肉棒を呑み込んでいった。

「ほおっ……一回目にしたときより硬いっ」

月子が尻を大きくバウンドさせる。

ダイナミックな腰つきに、キングサイズのベッドが揺れる。

啓太も下から突き上げるが、もどかしくなってきた。

「誰か……手錠を外して……僕で十分遊んだでしょう」

そう声をかけると、羽菜が半身を起こして、ベルトに手をかけた。

「月姉をめっちゃイカせるとこ、見せて……」

そう囁くと、啓太と唇を重ねた。

二人の舌が絡まるところに、雪子も舌を差し伸ばす。三枚の舌が唾液を混ぜ合い、互いの感触をたしかめ合った。その間に、雪子がもう片方の手錠を外した。

「えっ……や……」

啓太が起き上がり、月子を抱きしめる。

体位が変わり、中でペニスが動いたのだろう——それだけで、月子はのけぞっていた。啓太は快感のために下りてきた子宮口を狙って突き上げる。

「やぁっ、あんっ、あおっ……くうんっ……」

愉悦に慣れているはずの月子が、鼻から甘い声を漏らして、脱力していく。

やがて、月子はベッドの上に横たわっていた。

啓太は身を起こし、月子の太股を抱える。そして、正常位でガンガン責め始めた。

「おお、すごいわっ……ああん、アソコが喜んでるっ」

いままで動きを制限されていたので、解き放たれた啓太は、体に満ちる射精欲に身を任せてラッシュをかける。

ブシュ、パンパンパンパチュッ！

卑猥な音を放ちながら、月子の秘所が啓太の欲望を受け止める。

クンニでたっぷり濡れていた淫唇から飛び散った愛液が、啓太の顔にかかった。

「おっぱいが揺れるっ。ああん、すごい腰づかいっ、いいっ」

月子の顔が汗で光っている。

その月子の両側から、羽菜と雪子が顔を寄せた。三人は自然とキスを始める。

女同士の柔らかなキスをたっぷり交わすと、二人は顔を乳房の方へと移動させた。

「やっ……そこは……あんっ」

二人は同時に月子の乳頭を咥えた。男に貫かれながら、双乳を愛撫され、月子の喘ぎ声が大きくなる。

雪子は熟練の舌づかいで舐め回し、羽菜と雪子は慣れた様子で、月子の乳頭をいじった。

「二人ともイタズラは、ダメ、あん、あんっ」

月子が相貌を左右に振って、快感に身もだえた。

しかし、雪子も羽菜もやめる気はないようだ。羽菜は己の秘所に指を入れてから、熱い吐息を漏らす月子の唇にそれを近づけた。女蜜がついた指を、月子はフェラチオするように咥える。

「むっ……うんっ、うんっ、あんっ」

女性三人が見せるいやらしい眺めに、啓太の射精欲は高まるばかりだ。

啓太は月子の乳房が上下に揺れるほどの勢いで、律動を続ける。

子宮口はもちろん、先ほど探り当てたGスポットを狙ってピストンを繰り出す。

「ああっ、あああんっ、気持ちいいっ、いいわっ、イクイクううっ」

月子の腰がガクガク震え、白い喉を晒してのけぞっていく。

絶頂直前の女壺は強烈な圧搾を始め、男根を締め付けた。

「おお、俺も出ます……おおっ」

啓太は三度ほど突いたが、そこが限界だった。音を立てて、尿道口が噴火する。

男のマグマが、勢いよく月子の女壺に注がれていった。

4

啓太は、ベランダにある露天風呂で疲れを癒していた。

空を見ると、ぽっかりと月が浮かんでいる。ここは、まわりの建物が少ないので、夜空がよく見えた。

(すごい旅だったな……そのうえ、今日は女性三人をいっぺんに相手するなんて)

啓太は、この旅で魅力的な女性と次々ベッドをともにする幸せに恵まれた。

現実とは思えないほどツイている、不思議な旅だ。

「お待たせ。寂しかった？」

月子が啓太の隣に入ってきた。

「いえ……旅のこと、考えてました」

「もう、そういうときは、待ってたよ、と言うのよ。啓太さんってビミョーに鈍いのがかわいいのよね」

月子が腕を絡めてくる。豊乳が右腕に当たり、元気を失っていたはずのペニスが湯の中でむくりと顔を上げた。

「そして、素直ね……さっき、あんなにしたのに」

かすれ声で囁かれ、亀頭がギュンと上を向いた。

「月姉、自分だけやる気っしょ」

今度は羽菜が啓太の左隣に入ってきた。そして、ぴったり体をつける。

褐色の肢体が腕や腰に触れ、このせいでまた男根に青筋が浮いてくる。

そのペニスを、月子がつかんで扱き始めた。

「二人とも、わたくしを置いて抜け駆けはダメよ」

黒髪をアップにした雪子がやってきた。

啓太と向かい合うようにして湯船の縁に腰かけて、両足を開く。

白い肌の中央に、深紅の肉薔薇が咲き誇り、男を誘っていた。

「雪子さんのオマ×コ、真っ赤できれいなビラビラ。とっても美味しそう」

月子は口元に笑みを浮かべて言った。

「啓太さん、わたくしにハメてくださらない……あなたのオチ×ポが気に入ったの」

首から上は気品ある淑女だが、言葉は淫らな女性のものだ。

啓太は立ち上がると、ペニスを扱きながら雪子の所へ向かった。

湯をかき分けて歩くのももどかしい。早く熱い蜜肉にこのペニスを埋めたい。

雪子が両手を差し伸べる。啓太は、その手をとって抱き寄せると——湯の中に雪子を引き入れた。そして、湯船であぐらをかいて雪子を腰の上に座らせる。

「あうっ……ああん……いいわ……」

啓太に背中を預ける形の座位で貫かれ、雪子が声をあげた。

「この体位、素敵……本当に上手な殿方……」

雪子が振り返り、啓太にキスを求める。啓太は美貌の淑女と唇を重ねた。

ちゃぷ、ちゃぷっ……。

律動のたびに湯船が波打ち、雪子の双乳が揺れる。

雪子の急所は心得ていたので、座位で繋がりながら、そこを狙って突き上げる。

「くっ、ううっ……いいわ……」

大人っぽい喘ぎ方が男心をそそる。啓太は疲れを忘れて腰を繰り出していた。

すると——。

「雪姉ばっかりずるいし」

「雪子さん、私も啓太さんのオチ×ポが欲しくなっちゃったわ」

羽菜と月子が湯船の縁に手を突いて尻を突き出す。

月の光に褐色の尻と、白桃のような尻が二つ照らされていた。

「まあ……お二人とも、とってもいやらしいポーズね……では、わたくしはあなたたちを気持ちよくしてあげる……」

雪子が手を伸ばす。二人は尻を突き出していたので、湯の中にいる雪子の手が届いた。並んだ赤貝に雪子は慣れた感じで指を挿入した。

「あんっ」

「はうっ」

雪子と羽菜の声が重なる。白桃と褐色のヒップがぷるんと揺れる。

目の前で繰り広げられる光景の淫靡さに興奮した啓太は、上下動を激しくさせた。

「おふっ、あっ……あんっあんっあんっ、奥にっ、奥がすごいのっ」

雪子が首をのけぞらせた。啓太は責めの手を緩めない。雪子の乳房を後ろから強く揉みながら、ペニスではGスポットを狙って穿《うが》ち続ける。

雪子が律動で揺れると指を通して動きが伝わるのか、二人は甘い声をあげた。

「くう、弱いの、わたくし、そこは……あ、あんっ、いい、イクっ」

雪子が早くも陥落した。絶頂で動けなくなった雪子を、啓太は月子の隣でうつ伏せにさせた。

これで、三つの美尻が並んだことになる。

（まだ中出ししてないのは……）

啓太はペニスを扱いて、羽菜に狙いをつけた。

褐色の美尻に手をかけ、左右に開くと、雪子の愛液で濡れた男根を突き入れる。

「あうっ、いいっ……うちの中に硬いのが来てるっ、あんっ」

丸く張りのあるヒップをわしづかみにして、激しい律動を放った。

パンパンパンパンッ。

月夜に肉鼓の音がこだまする。啓太は、Gスポットを狙って突き続けた。

「あら、羽菜ちゃんが女の顔になってるわ……」

月子が羽菜の顎に手をやり、自分の方に向けた。

「いいお顔になって……あなた、中でイキそうなの」

「そ、そうっ、うち、中が変になって……熱くって、すごいっ」

「それが中イキよ……子宮口とGスポットに当たるから、感じちゃうのよね。ああん、私もたまらない……指で犯して……」

月子が啓太の方に尻を差し出した。啓太は指をズブリと月子の秘所に突き刺す。

羽菜で抜き差しするピッチと合わせて、月子を愛撫した。

「おお、いいわ……そこをくすぐられると弱いのっ、あんっ」

何度もイッたせいか、指だけで月子もいい反応を返してくる。

「月姉……中が熱いよっ。マジ変になるっ、あん、あんっ」

羽菜の悶え方が激しくなる。啓太は、ここぞとばかりにラッシュをかけた。

子宮口を連打しながら、抜き差しの時はGスポットをくすぐるのを忘れない。

勘所を押さえたピストンに、羽菜は金髪を振り乱して喘いだ。

「もううち無理、無理なの、イッてるからぁ……頭おかしくなちゃうっ」

啓太も、若肉の締まりに耐えかね、白い欲望を解き放った。

「ほおおおっ……来てる、熱いのがいっぱい……」

牡汁を子宮で受け止めた羽菜は、四肢を震わせて達した。
ピクリとも動かないところを見ると、意識を手放したらしい。
啓太がゆっくりとペニスを引き抜いたとき、褐色の太股を白濁液が流れていった。
「羽菜さんがイクところを見たら、またしたくなっちゃった。どう?」
月子が啓太に流し目を送る。
(ここまで来たら腰が壊れるまでやってやるか。結婚式は寝ててもいいわけだし)
先のことを心配してばかりいる自分とは決別だ。
啓太はペニスを扱くと、月子に背後から覆い被さった。

第六章　結婚式での再会

1

啓太は大あくびをした。

従妹の披露宴が始まっていた。

会場はテーマパークのホテル内のレストランだ。

重厚感ある内装に、凝ったデザインの椅子。窓からは運河が見える。ホテルの内装も凝っており、料理もなかなかの味だ。

だが昨夜、三人の女性を相手にした啓太は疲れ切っていた。

「啓太、あんた、あくびはやめなさい」

黒留袖を着た母が目くじらを立てる。啓太は、あくびをかみ殺した。

武雄温泉の一夜のあと、啓太は佐世保《させぼ》線の特急みどりに乗り、テーマパークに到着した。日本一広いテーマパークだけあって、会場のホテルまで歩いていくだけで骨が折れそうだったので、パーク内の運河を走るカナルクルーザーでパーク内を移動した。

「疲れてるじゃないの。今回の旅でも面倒なことに遭ったんじゃないの」

「本当に楽しかったよ。疲れたけどさ」

「だったらいいけど。美結子ちゃんみたいに、あんたも相手、見つけなさいよ」

ウェディングドレスの従妹は、前方のテーブルに媒酌人夫妻と熊のような巨体の新郎とともにすまして座っている。

披露宴は来賓スピーチが終わり、食事と歓談が始まったところだった。

「それでは、ここで新婦友人代表、岸谷様から美結子様へのスピーチがございます」

司会が告げると、ざわついていた会場が少し静かになった。

啓太はナイフとフォークを置かず、ステーキを切った。

お涙頂戴のスピーチタイムだろう。美結子の感動的なエピソードでも話すのか。

子どもの頃はカナヘビや蛙を捕まえていた野生児の美結子が入学したのは、なんとお嬢様学校だ。その時のエピソードだろう。

啓太がステーキを味わっているので、母が呆《あき》れていた。

「ちゃんとしなさいよ」

母に言われて、啓太はしぶしぶ目を前方へと向けた。

「岸谷様は高校、大学を通してのご学友で、現在は外科の医師としてご活躍されており――」

司会の言葉で、啓太は口の動きを止めた。

（岸谷……まさか……）

女性の後ろ姿が見える。深緑のワンピースだが、両腕と首、スカートの裾部分はレースになっていて、地味な感じはない。胸元から膝まではサテンのような生地でつくられたタイトなラインのワンピースで、爽やかな色気と華やかさが漂っている。

女性がマイクスタンドの前に立った。

「ただいま、ご紹介にあずかりました岸谷恵と申します」

恵が微笑みを浮かべて会場を見渡すと――啓太と目が合った。

啓太は、口の中に入れていた肉を、ゴクッと音を立てて呑み込んだ。

2

「すごい偶然。二人でこうやって夜景を眺めるなんてね」

結婚式の二次会を抜け出した啓太と恵は、カナルクルーザーに乗り込んでいた。

運河の両側はクリスマスをモチーフにした緑と白と赤の光で輝いている。

「俺は新婦側の親戚で来たんですよ。まさか、恵さんが美結子の同級生だったなんて思いもしませんでした」

「それはこっちも同じ。まさかあなたが従兄《いとこ》だなんて。でも、美結子がテーマパークで結婚式を挙げるなんて意外よね。新婚旅行も遊びも結婚式も全部いっぺんにできるから楽なんだって。美結子らしいといえば、らしいけど」

長崎でも冬は寒い。ワンピースの上にカシミヤのコートをまとった恵が微笑むと、白い吐息が口元に浮かんだ。恵は長い髪を品のよいアップスタイルにしており、襟足からのぞく白い肌が色っぽい。

「まあ、美結子は何考えてるかわからないところあるから」

「仲がいいのね」

「仲がいい、っていうか。従妹だから、昔から知ってるんですよ。あいつ、小学校の頃から一階の屋根からジャンプしたり、スリルあること好きで、俺はそれに巻き込まれてばかりでした」

「大学時代、美結子と沖縄旅行に行ったときにハブがいる野原を面白がって歩いて噛まれたの。美結子って、危ないことに首突っ込んで、ものの見事に危ない目に遭うけど、いつも軽いケガで済む不思議な人よね」

啓太は、結婚式での夫婦のなれそめ紹介動画を思い出していた。

――ハブに噛まれた新婦を、親友の恵さんが応急措置をして救急車に乗せ、病院に運びました。なんとそこで運命の出会いが待っていました。ハブ毒の血清を打ち、新婦の命を救った医師が、新郎なのです。

と、感動的なナレーションで司会が新郎新婦の出会いを盛り上げたが、そのとき画面に映っていたのは牙をむき出しにしたハブだった。こんな演出を頼むのは美結子しかいない。親戚一同はそれを見て、深く長いため息をついた。

パーク内はクリスマス一色だった。

サンタの衣装を着たスタッフが子どもたちに笑いかけている。

「もうすぐクリスマス……ですね」

運河の両脇には、様々な形のライトが飾られ、気分を盛り上げている。

「そうね」

「今日泊まったら、帰るんですか」

「フェリーで二泊三日かけて東京に帰るつもり。夏は忙しすぎて休みが取れなかったから、冬は根回ししてちょっと長めの休暇にしてもらったの」

もうすぐイブなのに何も予定がないということは——。

啓太の心に期待が芽生えた。

（いやいや。期待はダメだろ。フェリーからずっと、散々いい思いしたんだ。たまたま三度目の偶然で再会したからって、何考えてるんだよ）

これで変なことを言ったら、勘違いするなと冷たくされそうで怖い。啓太の人生において、起こってほしくないことは、予想を上回るスケールでやってくるからだ。

「無口ね。もしかして、イルミネーションに気をとられているの」

恵が啓太を見ていた。

「いえ……俺が気をとられているのは……あなたです」

言った。言ってしまった。

どんな罵声が飛んできても耐えよう。こんな風に言って罵声が飛んでくる方がおかしいのだが、一度女性に告白して「舐めんなゴルァ」となぜか襟首をつかまれたことがあるので啓太は身構えた。

「……私も」

啓太は目を見開いた。時間が止まったように感じた。

「いま、なんて……」

「私も、って言ったの。また少し会わない間に、いい匂いさせちゃって。ちょっと妬《や》ける。会うたびに、あなたは素敵になっていくのね」

恵が啓太に顔を寄せ、匂いを嗅いでいた。

二度目に会ったときにも女性経験が匂いでわかるなんて言っていたが——九州に上陸してから、腰がだるくなるほどセックスをしたのがバレたのだろうか。

「俺がナンパしたんじゃなくて、行きがかり上って言うか、勢いって言うか」

「誰も責めてないって」

恵が笑う。

「あなたはついている人だもの、きっといいことがたくさんあったんでしょ」

ついている……そんなはずはない。正反対だ。

思いがけない出会いはたくさんあったが、どちらかというと巻き込まれただけだ。

「美結子が言ってた。私と従兄、悪運が強いから、死にそうな目に遭うけどいつも切り抜けられるって。美結子は運のよさを自慢してたんだよね。その悪運の強い従兄って、啓太さんのことじゃない」

ハブに嚙まれた時も、私は運がいいから大丈夫なんて言って草むらに入り、その結果ハブに思いっきり嚙まれたのだが——美結子はそれでいまの伴侶を見つけた。

考えようによっては幸運なのかもしれない。

「幸運さに鈍いところも、かわいいのよね」

「幸運さに鈍い……俺がですか」

「私も阿久津君からもらった幸福きっぷのキーホルダー持ってるのに、それにも気づかなかったでしょ」

「えっ。どこに……っていうか、阿久津君と知り合いなんですか」

「車のキーホルダーにつけていたの。鈍いのね」

恵の分厚い眼鏡にどうしてひっかかっていたのかがわかった。あの眼鏡は阿久津の主治医だった女性医師がつけていたものだ。それはつまり——。

「まさか、阿久津君の主治医だったんですか」

「そう」

恵が啓太の太股に手を置いた。ハーフコートの裾から手を入れ、スーツの上から冷たい手が啓太の太股を撫でる。手はそのまま付け根の方へ向かい、股間に触れた。

(こんなめぐり合わせってない。言わなかったら、きっと後悔する)

啓太は腹をくくった。

「恵さんは後腐れのない関係がいいって言ってましたよね。旅先での一夜の恋が。でも、俺は恵さんとの一夜の恋が忘れられなくて……」

恵は、黙って啓太を見つめている。

「俺は恵さんのことをもっと知りたいです。たくさん話したい。たくさん……あなたのぬくもりを感じていたい、ずっと……恵さんはどうですか」

「言わせないで……照れくさいから」

恵の答えはドライだった。しかし、啓太の太股に置かれた手から伝わるぬくもりが、恵の心を伝えているような気がした。

クルーザーが、ホテル近くの船着場に止まった。

船着場から恵の泊まるホテルまでは歩いてすぐだ。

ホテルに入り、ドアの鍵を開けて中に入ると——恵が抱きついてきた。

二人はそのまま唇を重ねた。寒風で少し乾いた啓太の唇に、恵の潤んだ唇が押し当てられる。香水の匂いが、鼻をくすぐる。

（ああ、これだ……恵さんの匂いだ……）

何日も間を開けていたわけではないのに、恵の匂いがとても懐かしく感じられた。恵が唇を開き、舌を差し入れてくる。珈琲《コーヒー》の残り香とともに甘い唾液が啓太の口内に広がる。啓太も、恵の柔らかい舌を己の舌で出迎えた。

「ん……ちゅ……ちゅ……んん……」

恵の声が柔らかい。啓太は恵を強く抱きしめた。恵も啓太の背に手を回している。カーテンが開いた窓は七色に輝いていた。ライトアップされた園内の光が入っているのだ。恵の横顔を、色とりどりの光が照らしている。

「フェリーでそのキーホルダー見たとき驚いた。でも、まさかって……だけど、また出会って。道後で別れる時はちょっと名残惜しかったけど……でも、こんな形で再会できるなんて……キーホルダーのおかげかしら……それとも、これって……」

唇を離した恵が、啓太の目をのぞきこんでいる。

「運命の出会いだって俺は思います。病院で出会っていたのに離れて、フェリーで出会って離れてを繰り返すうちに、俺は恵さんのことばかり考えるようなってたんです。これからは恵さんと離れたくない……かな」

かなりいいシチュエーションなのだが、ここで断言できない押しの弱い自分の性格が恨めしい。

「離れたくないのか、離れたいのか、はっきりしなさい」

恵が吹き出した。

「は、離れたくないです。あなたと、ずっと……いたい」

ようやく、自分の思いをはっきりと口にできた。

「最後まで私の手助けが必要なのね、あなたって。でも、そういうところが好きよ」

(いま、好きって言った……好き……好き?)

頭の中で恵の言葉がエコーする。

「恵さん、いま俺のこと好きって言いました?」

「ワンピース、脱がせてくれる?」

恵が背を向ける。

さらっと聞き流された。これ以上聞くな、ということだろう。

啓太は、恵のワンピースのファスナーを下ろした。ワンピースはするりと下りるかと思ったが、タイトなラインのものはそうはいかないらしい。

「次はこっち」

恵が前を向く。啓太は襟ぐりに手を入れて、ゆっくりと下ろしていく。

冬だというのに、防寒用の肌着はつけておらず、光沢のあるスリップだけだ。

恵が、ハイヒールを脱ぎ捨てた。

「あなたの番ね」

啓太のネクタイをつかんで、部屋の中央にあるダブルベッドに連れていく。

「私と会わない間に、どんなことしたの。教えなさい」

啓太をベッドに押し倒した恵が尋ねる。

「……えぇーっと、たいしたこと、してないです」

「したのね。あなた、嘘つけないのにどうしてつくかなあ」

一昨日の羞恥プレイ、昨日の乱交を思い出し、ペニスは硬度を増していた。それを手でたしかめた恵が、目を細める。

「オチ×チンが嘘発見器になってるわよ。相当いい思いをしたのね。これじゃ、私の出番がなくなっちゃう」

武雄温泉では、女性三人の尻を並べて、左から右へ、右から左へ順に挿入するという、肉欲面ではありえないほどの幸せに恵まれた。

しかし、心を寄せる女性とのベッドは違う。

「恵さんとすると……体だけじゃなく、気持ちがすごく満たされるんです」

後腐れのない一夜だと体は満足するが、心は別だ。

いまは、恵と体も心も溶け合うようなセックスをしたいと思っている。肉欲ではないものを——啓太の思いを——セックスを通して恵に伝えたい。

「セックスだけじゃなく、女心のくすぐり方まで上手になったのね」

スリップ姿の恵が啓太のベルトを外してファスナーを下ろすと、肉竿が下着越しにも猛っていた。恵が男根を下着から出す。

音を立てて亀頭が跳ね上がり、天を指して揺れた。

「あらあら。たくさんエッチしたのね。オチ×チンが黒光りしてる」

「そんなにしてないですっ、片手で足りるくらいですよ」

啓太はハッとした。男根の根元をつかんだ恵の指が、キュッと締まる。

「ふーん。たった二日で片手……乱交もしたのかしら。さすが美結子の従兄ね」

嫉妬なのだろうか。

普通の嫉妬は、啓太が他の女性と寝たことに向けられる。恵らしいのは、この場合、自分より性的にいい思いをしたことに嫉妬していることだった。

「じゃあ、疲れて私とはできないかな」

恵がペニスをくるむ手や指を上下させながら、啓太の耳に顔を近づけて囁く。

スリップの胸元から豊満な谷間が見えていた。

あの柔らかな感触を知っている。ブラジャーに包まれた乳首の硬さも――。

「やっ……いきなり太くなった……」

ペニスを愛撫していた恵が目を丸くする。血流が増し、ペニスからドクドクと拍動が聞こえるほどだ。全身が恵を求めていた。

「恵さんとできると思ったら、こうなっちゃいました」

啓太は意を決した。

「だって、あなたが好きだから」

「かわいいこというじゃない」

恵が微笑んで、口元をペニスに寄せた。唇をすぼめ、蠟涙《ろうるい》のような唾液を亀頭に垂らしていく。パーティー用にアップされた髪と華やかなメイクで、淫らなしぐさをされると、震えるほどいやらしい。

「はむっ……むううっ……」

リップの塗られた唇が大きく開き、いきなり男根を喉奥まで呑み込んだ。啓太の陰毛と、恵の唇が触れ合う。喉に亀頭が当たり、恵は苦しげに眉をひそめた。

啓太が腰を引こうとしても、恵が両手で腰を抱いて放さない。

「恵さん……あっ」

恵は、喉奥に亀頭を当てたことでえずく寸前になっているのか、口内の涎が増している。男根を粘膜と唾液で包まれる快感に啓太は声をあげてしまった。

「先走りもいっぱい出てる……んふっ、ふっ」

恵が、いきなり律動のテンポを上げてきた。ジュルッ、ジュッと男の本能を刺激する音を立てて、ペニスに口淫を施す。啓太の陰毛は恵の唾液で濡れ光っていた。

苦しげに首を振る恵からは、香水に混じって女のアロマが漂っていた。

「恵さん、俺の顔をまたいで……舐めたいです」

興奮で声がかすれていた。

恵は啓太の指示に従い、膝で顔を挟んだ。スリップに包まれた大きなヒップが目の前に広がる。むき出しの尻もいいが、衣類で隠されているとまくる楽しみがある。

啓太は、スリップの裾を上げた。

（おお……エロい下着だ）

黒のガーターベルトに、黒いレースのショーツ。白い太股の中央をベルトが走り、腰のガーターベルトとストッキングを繋いでいる。

レースの隙間からは、きらめく縦筋が透けて見えていた。

「フェラしながら濡れてたんですね」

啓太は下着にそのまま口をつけた。汗と、淫蜜の香りを胸いっぱいに吸い込むと、恵の尻が震える。

「はふはひいはら……ひゃめ……」

——恥ずかしいから、ダメ——。

フェリーの時は、風呂に入らずエッチしたのに、いまは恥ずかしがっている。行きずりの相手なら奔放に振る舞えても、そうではない相手だと照れるのだろうか。

(そうだといいな……)

そう思いながら、啓太は舌を上下させた。

「はふっ……ふっ……」

黒いショーツに包まれた白尻がぷるっと震えた。レースの素材も、スリップも高級そうなだけに、恥じらう姿がやけに色っぽく見える。

啓太はショーツを指で脇によけて、直《じか》に舌を当てた。

「むうう……あん……あっ……」

恵がペニスから口を離して、喘いでいた。啓太は舌を肉ビラに沿わせて上下させる。

その間にも、女芯の包皮を指で剝く。むき出しになったそこに、舌を押し当てると、恵の尻が大きく跳ねた。

「あひっ……ひっ……」

膝がガクガク震える。たった二日間禁欲しただけで、こんなにも感度が上がるとは、恵は思った以上に淫乱なようだ。

この旅で、啓太は淫らさも女性の一面だと知った。

（いろんな人としてみたからか、今の俺、ちょっと自信と余裕があるかも……）

啓太は恵の女芯を舐め回してから、唇を外した。

「恵さん、フェラはいいから、こっちを向いて……顔を見ながらクンニしますから」

そう声をかけると、恵が顔を赤くして啓太の顔をまたぎ直した。

「顔を見られるの恥ずかしい……」

薄い陰毛に縁取られた草叢の向こうに、恵の相貌が見える。

しかも照れている。啓太の心が躍った。

恵の視線を感じながら、舌をとがらせて女芯をじっくり舐めしゃぶる。

「あっ、あっ、そこ、そこっ」

恵が片手でシーツを、片手で男根を握って悶える。着衣のまま大股を開いて、愛欲に震えていた。

啓太はヒクつく蜜壺に指を挿入し、舌で女芯をつつき続ける。

「ううっ……はうっ、いいっ」

スリップ姿の恵が腰を上下させる。

快楽で整った相貌をゆがませているのも、啓太をそそった。

レロレロ音を立てて舐め回しながら、抜き差しのピッチを上げていく。

「あんっ、啓太さん、上手……どうしたの、ああうっ」

抜き差しのテンポに合わせて、尻がバウンドしていた。そのたびに愛蜜が秘所から飛び散り、啓太のスーツに降りかかる。

クリーニング代が頭をチラリとかすめたが、啓太は無視して愛撫を続けた。

「中を擦りながら、そこ舐めるのダメっ、あっ、あんっ」

恵が上体をくねらせた。スリップの肩紐がずり落ち、裸でいるよりも艶めかしい姿になっている。

秘所から漂う女の香りは強くなり、体が男のモノを欲していると語っていた。

「イクのは指……それとも……」

啓太のペニスがヒクつく。ペニスを握ったままの恵は、淫蕩に微笑んだ。

「オチ×チンがいい……」

　恵が啓太の頭の上で立ち上がり、ショーツを脱いだ。そして、ショーツを啓太の顔に投げる。啓太はショーツを手にとり、股間の部分を口に咥えて吸った。

　汗の潮味と、蜜汁の甘みが口内に広がる。

「やだ、恥ずかしいっ」

　恵が顔を両手で覆う。その隙をとらえて、啓太は恵を押し倒し、ペニスを蜜口にあてがった。ガーターベルトで彩られた太股を抱えると、深く結合する。

「あんんっ……おうっ……いいっ……」

　正常位でしっかり繋がった途端、恵が嬌声をあげた。啓太はショーツを咥えたまま、腰を送り出す。

　従妹の披露宴に出席した姿で、ことに及んでいる背徳感でゾクゾクしていた。

「マン汁、あんまり出さないでくださいよ。俺のスーツについちゃうから」

　そう囁くと、恵が首を振った。

「無理、出ちゃう……あん、あんっ」

　啓太が奥深くを突き、子宮口に亀頭をグリグリ当てると、恵が鼻にかかった声をあげる。二日間男に抱かれていなかったからか、それとも啓太がこの二日間で性技の面で成長したからかはわからないが、恵の乱れ方は前のそれとは違う。

「あん……むうっ……」

啓太は恵と唇を重ね、ショーツを唇に押し当てた。恵は驚いたようだが、元来淫らなだけあって、口を開いてそれを受け入れる。

己のショーツを口に入れながらのプレイに、恵の目はとろんとしている。

「エロいな……口で下着を咥えたまま、下では俺のチ×ポ咥えて」

整った相貌の恵の淫らな姿に、啓太も刺激されていた。

スーツが皺《しわ》だらけになろうが知ったことではない。欲望の赴《おもむ》くまま、肉棒を繰り出していく。

「あはるっ……あひっ、ふっ」

結合部から拍手のような音を放ちながら、恵がのけぞる。興奮のため反り返ったペニスが、Gスポットに当たっているようだ。

カーテンを閉め忘れた窓からイルミネーションの青い光が入っており、愛欲に狂う恵の顔を照らしている。

「汗をかいて……エッチな顔になってますよ、恵さん」

激しい律動を受けるうちに、恵の髪は乱れてシーツの上に広がっていた。

恵はくぐもった喘ぎ声をあげて、啓太の亀頭を受け止めている。

律動への反応がこれならば、女芯はどうだろう。啓太がさっと撫でると――。

「ふうう……うひいいっ」

背筋をのけぞらせ、恵が震えた。

かなり感度が上がっているようだ。啓太は女芯を責めながら、抜き差しのテンポも上げていく。

恵の内股に痙攣が走る。

「ああ、締まる……いい、やっぱり恵さんがいい……」

スーツのジャケットを脱いで、ベッドの横に放り投げた。恵の腰を抱え、さらに結合を深くしてから抜き差しを繰り返す。

もちろん、淫芯を責めることも忘れない。

「むっ……うう、うううう……いふっ……」

恵が相貌を打ち振るうちに、口からショーツが離れた。唇から銀の糸を引いて、黒のショーツがシーツの上に落ちるさまは刺激的だ。

淫らな眺めがエネルギーとなって、啓太の律動は激しさを増す。

「あああ、いく、イク、いいっ、いいっ、イクうううっ」

パンパンパンパンパンッ！

激しい結合音を放ちながら律動を繰り返す。スリップ姿の恵が弓なりになり、硬直した。襞肉が肉竿を四方からくるんでくる。背筋を射精欲が駆け抜けた。

「おお……俺もイキそうです」

啓太は額に汗を浮かせながら、限界まで恵を責め立てた。

ラッシュを繰り出す度に汗と蜜汁が二人の間ではじけ飛ぶ。

「もうイッてるのっ、だめ、また無理なのっ、ああ、あんんっ」

恵が鼻にかかった声で、限界を伝える。蜜肉の圧搾がキツくなる。

啓太も限界だった。

「イク……中……いいですよね」

「ちょうだいっ、中に思いっきりちょうだいっ」

啓太は恵の望みどおり、欲望を膣内に解き放った。

ドクンッ！

亀頭が膨らみ、大量の白濁液が蜜壺の中に注がれる。

「熱い、いい、私また、イク……い、イクううっ！」

恵が硬直すると同時に、秘所からはブシュっと音を立てて潮が噴き出し、啓太のスラックスを濡らす。

欲望が満たされた啓太が、忘我の状態にある恵とキスをしていたときだった。

部屋のチャイムが鳴った。

3

「そういう仲だったんだ」

Vネックのワンピース姿の美結子が言った。

披露宴の時の化粧はなく、いまは素顔だ。

「そういうっていうか……行きかがりっていうか……」

啓太は、スラックスのファスナーを上げて身繕いをした。しかし、スラックスの股間は恵の潮で濡れているし、スリップの上にバスローブを羽織った恵からは情事のあとの空気が漂っている。

何より、この部屋にこもった匂いが、何があったかを物語っていた。

「それより、初夜のお前が何でここに来てるんだよ。それに……恵さんもどうして美結子を部屋に入れるんですか」

「だって、そういう仲だし。私たちセフレなの」

美結子があっけらかんと言う。啓太はガクンと顎を落とした。

「セフレでもさ、初夜だろ……新郎の政夫《まさお》さんは知ってるの？」

「うん。ネトラレ大好きだから、初夜にセフレの恵と寝てきてほしいって頼まれたの。同じホテルにしたのも、そのためなのよ。そしたら、まさかあんたがいるなんて」

啓太は、こめかみを押さえた。美結子のセックスフレンドが恵なのか。

この旅はなんなのだ。

性欲が濃いとかそういう次元ではないのが、最後の最後に待っているとは。

「いまだって、政夫さん、音だけ聞いてるし」

美結子がスマホを出した。画面には政夫、と表示されていて、時間が刻まれている。

通話状態なのだ。

啓太の顔から血の気が引いた。

「うえっ、あっ、政夫さん、すみません。俺、全然知らなくて」

最初に奇声が出てしまった。

「いきなり変なことに巻き込んでこちらこそ悪かった。恵さんと美結子が寝るのを聞かせてもらおうと思ったんだけど……邪魔してゴメンね」

見かけは熊のような政夫だが、腰は低い。

「いいのよ、政夫さん。勝手に恵のところに来ていた啓太が悪いし」

「美結子だって、まさか新婚初夜にそういうことする？　私だって何も聞いてないから、啓太さんと楽しんでたのに」

恵が口をとがらせる。

「不意打ちのほうが燃えるじゃない」

美結子は動揺した様子もない。

「じゃあ、俺はお邪魔みたいだから、出ていこうかな……」

従妹夫妻の性癖と、恵と従妹の関係を知った衝撃が強すぎて、啓太は脳天に金だらいが落ちてきたようなショックを受けていた。

スーツのジャケットを持って立ち上がろうとすると、美結子が啓太の手をつかんだ。

「行かないで」

「いや、美結子、それはちょっと、気まずいからさ、俺、帰るわ」

「どうせなら、三人でしない？」

今度はフルスイングのバットで殴られたような衝撃。常識が揺さぶられ、足下がふらつく。言葉でこんなにも衝撃を受け続けるのは、そうそうないだろう。

「いや、だって、美結子は従妹だし、人妻だし、新婚初夜でしょ。俺がそういうことしたら、倫理的にアウトすぎるくらいアウトだろ」

「アウトなのがいいじゃーん」

美結子がワンピースを脱いで、下着姿になった。

ウエストを締めているのは新婚初夜用のコルセットだろうか。それにショーツにガーターベルト。シルクのような長手袋——すべて純白だ。下着をつけていても乳房とヒップの豊かさがわかる。啓太は目をそらした。

「美結子、美結子夫婦がよくても、私も啓太さんもちょっと恥ずかしい」

恵の言葉を聞いた美結子が、にやっと笑った。

「いつもはノリノリで政夫さんにうちらのエッチ聞かせてた恵が、何照れてんの？啓太のこと、本気で好きになっちゃった？」

恵が顔を赤くした。

「恵、啓太みたいなのがタイプなんて意外。もしかして、いいの、アレが」

美結子が尋ねると、恵がうなずいた。

「もちろん、それだけじゃないけど……」

恵がフォローする。啓太は全身汗まみれだ。

「いとこ同士のセックス……最高だなあ」

美結子のスマホから、政夫のかすれ声が聞こえる。

「ま、政夫さんまで、何を……」

「ここまで来たら、あんたも逃げられない。このまま帰って、おじさんとおばさんに何か言われても困るし。口封じするには、共犯者になるしかないよね」

美結子が啓太の手を自分の胸へと持っていく。血縁の肌に触れる嫌悪感が最初に来たが――次に訪れたのは背徳の悦びだった。

「前が大きくなってるし」

美結子が啓太のベルトを外して、スラックスと下着を下ろした。

「あ……恵のアソコの匂いがする……セックスしたてって感じ」

はむっと音を立てて、美結子が啓太のペニスを咥えた。

「やめ……あああ」

従妹のテクニックは、この一週間で出会ったテクニシャンたちに負けない。

裏筋を丁寧に撫でて、エラのくぼみを舌先でこそぐ。

「ほいひい……恵の本気汁のあひがふる……」

音を立てて、美結子が啓太に口淫した。

従妹にいきなりフェラをされて、感じるはずがないと思っていたが――背徳感のせいか、ペニスはいきり立っていた。

「そういうこと、私の前でされると……我慢できないっ」

恵はガーターベルトを残してすべて脱いだ。そして、双乳で啓太の太股を愛撫してくる。舌での快感と、肌をくすぐる乳首の感触で、啓太は呻き声を漏らしていた。

「恵も欲しいの」

口を外した美結子が尋ねると、恵がうなずいた。二人はそのまま舌を絡め合わせるキスをして――それから啓太の肉竿を左右から舐め始めた。全裸の恵と、純白の下着に長手袋姿の従妹に奉仕される眺めはたまらないものだった。

(おお……二人からのフェラ……いい……)

二枚の舌が男の急所をくすぐりながら蠢いていた。恵の手が啓太の陰嚢を優しく包んで、心地よい刺激を与えてくれる。

ズ……ズズズ……ズジュジュジュ……。

「ああん、もう先っぽからお汁が出てるぅ」

美結子が亀頭だけを口内に入れて、尿道口を舐め回していた。

急所をくすぐられ、男根の青筋はますます濃く、力強く浮いてくる。

恵は裏筋で舌を往復させていた。

「おお……すごい……ああ……ああ……」

啓太の背筋がヒクついた。目を下に向けると、子どもの頃、夏休みによく遊んだ従妹が口をすぼませてペニスを咥えており、その隣では焦がれてやまない恵が裏筋を舐めている。

「ああ、出そうだ……」

陰嚢が上にキュッと上がる。一度射精したばかりなのに、シチュエーションのせいか、早くも出しそうになっていた。

「まだよ」

美結子がコルセットの上から突き出た双乳を持ち上げ、恵の反対側からペニスに押しつけてきた。それを見た恵が、同じように白乳をペニスに押し当てる。

四つの乳房に挟まれた赤黒いペニスが、また猛りを増してくる。

「啓太さん、気持ちいい？」

恵が優しく尋ねる。

「ええ、天国にいるみたいです……」

肉壺から受ける愉悦も相当だが、美乳の快楽に加えて、美女二人からこうして奉仕されるシチュエーションがもたらす興奮が五感を鋭くしていた。

背筋に汗が浮き、口がだらしなく開いてしまう。

「私のこと、好き?」

恵が啓太を見上げている。

「好きです……とても」

恵の髪をかきあげ、後ろへとすく。見つめているだけで、愛おしさが増してくる。

「たまんない……お互いを好き合ってる二人とこんなことするの」

美結子はうれしそうだ。ネトラレが好きな夫に寝取るのが好きな新妻——すごい組み合わせだ。

興奮した美結子の乳先はとがり、その硬さがペニスに得も言われぬ刺激となる。

「うおっ……二人にパイズリされると……」

先走りが溢れ、四つの乳房を照り光らせていく。男の匂いと女蜜の官能的な香りに脳が痺れ、啓太は従妹と恵の頭にそれぞれ手を這わせる。

それに応えるように、亀頭を細い指が撫でた。

「おお……いいっ……」

啓太は腰を反射的に前に突き出し、快楽に呻く。

恵が啓太の性感帯を集中していじっていた。ベッドをともにするのは三度目——。だから、どこが急所か知りつくしているのだ。

「ああ、もう出そうです、恵さんっ」

それを聞いた恵と美結子が、双乳を左右に動かすピッチを上げた。

従妹相手に出してはいけない、大好きな女性の前で、他の女性の愛撫で達してはならない——行為が禁忌に満ちているだけに、感覚は逆に鋭さを増していた。

「いいのよ、出して……」

恵がうっとりした表情で見上げている。この旅に出てから、ほぼ毎晩何度も射精する生活を続けていて、連射する体力は残っていないと思ったのだが——シチュエーションが変われば精力はみなぎるようだ。

「私たち二人に、啓太のをかけて」

美結子が囁く。勝ち気な美結子が、欲望に煽られ、余裕のない表情になっていた。

啓太はゴクリと唾を飲み込んだ。

背徳感と期待で心が震え、それに呼応するように亀頭が大きく膨らんだ。

「出る……出るっ」

切迫感のある声に、女二人が顔を寄せ、尿道口の前に陣取った。

白い生殖液が打ち上げ花火のように広がり、二人の相貌に降りかかる。

欲望が爆《は》ぜた。

「ああん……いい匂い……」

「啓太さんのが顔にいっぱいかかってる」

恵と美結子の相貌に、白濁液でまだら模様がついていた。二人は互いの顔を見合わせ、キスを交わすと、そのまま顔にかかった白濁液をなめ合っている。

「ありがと、啓太。顔にぶっかけてくれて……旦那も喜んでる」

性癖とは言え、業《ごう》が深い。業が深いのは啓太も一緒か。

啓太も新婚初夜の従妹に顔面射精して、興奮しているのだ。

女性二人は抱き合って余韻に浸っていた。

「それで終わりってわけじゃないだろ」

女性二人が淫蕩な笑みを返してきた。

「あんたって、そういうこと言う人じゃないと思ってた。ちょっと変わった？」

美結子はうれしそうだ。

「うん。恵さんと出会って……いろいろ経験したからね。極めつけはこれだけど」

啓太の肉竿はすでに息を吹き返していた。

複数プレイへの期待もあるが、心から求めている恵とまた交わりたいという思いと、自分が従妹を寝取ることへの倒錯した悦びが混ざり合っていた。

「政夫さんもいいんですよね」

啓太はスマホを手にとり、新郎に尋ねた。

「ああ、聞いてる……いっぱいよがり泣かせてほしいよ、美結子のこと」

啓太は、女性二人の脇に手を入れて立たせると、ベッドに誘った。

そして、仰向けに横たわってから、こちらに来るように手を伸ばす。

美結子が啓太の股間にまたがり、恵が啓太の顔をまたいだ。

「オマ×コがグチョグチョですよ、恵さん。美結子の前で興奮してるの？　それとも俺としたくて濡れてるの」

意地悪な質問をすると、啓太の頭上で尻が揺れ、肉割れからどろっとした愛液が滴った。スマホを自分の腰のところに置いてから、本格的な愛撫を始めた。

啓太は己の指二本を咥えて湿らせると、いきなりズブリと恵の膣内に入れる。

「あふっ……ああん」

指をかぎ状に曲げて、Ｇスポットをくすぐる。すぐに反応が返ってきた。

抜き差しさせずとも、愛液が内奥から溢れ出てくる。

「俺と美結子、どっちで興奮してるか教えてくださいよ」

「ああ、あんっ、どっちも……どっちもなの……」

恵の上体が揺れて、美結子が抱き留める。

「妬けちゃう。私と同じくらい啓太がいいの？　そんなにこのチ×ポがいいの？」

啓太と美結子、二人に責められて、さすがの恵も答えに窮したようだ。

出会った時は肉食系そのものだった恵の、戸惑う様子は新鮮な驚きに満ちていた。

「だって、二人とも上手だから……あん、んんんんっ」

蜜壺で抜き差しが始まり、恵が弓なりになった。

「じゃあ、恵が大好きな啓太のチ×ポ、私も味わっちゃお」

美結子がペニスの根元をつかんだ。啓太の口内に欲望の唾が湧く。

血の繋がった従妹と、性器で繋がり合う禁断の交合に、恐怖と期待が入り交じる。

美結子は下着の股部分を脇にずらした。初夜の下着のまま交わるつもりのようだ。

陰唇が亀頭に当たった。

この部屋に来る前に、政夫と愛を交わしたのだろう。しっかりほぐれている。

「硬いのっ……すごくギンギンしてるっ。やん、すごいっ」

根元までペニスを呑み込んだ美結子が叫んだ。

「ひううっ……いい、よくて動けないっ」

美結子が四肢を震わせていた。

「そうよね、美結子は私とペニバンでエッチした時も、すぐこうなっちゃう、感じすぎる子なのよね」

恵が美結子の乳房に口を寄せて含むと、美結子の内奥がキリキリ締まってくる。

そして、恵はもう片方の乳頭を指で転がし始めた。

「オマ×コと、そこを同時にされたらダメって知ってるくせに……」

挿入される前とのあまりの違いに、啓太の欲望はムクムクと大きくなっていった。

右手で恵の膣内をかきまぜながら、左手を美結子の腰に当てる。

そして、下から腰を突きあげた。

ズンッ！

子宮口に亀頭が当たる。

「はうっ……やんっ……やんっ」

ヌッチャグッチャ……。

いとこ同士の結合部から、淫らな音が響いた。

「ほら、旦那さんに聞かれてるよ、俺のチ×ポと美結子のマ×コの音がさ」

「ああんっ、聞いて、政夫さん……私、従兄とエッチしてるぅっ」

美結子は激しく興奮していた。新妻の美結子が、新婚初夜の美結子が、啓太の腕の中で悶え狂っている。ほの暗い喜びが心に満ちて、啓太は律動を強めた。

「政夫さんのとどっちが好きなの」

新婦を寝取らせる新郎のために、あえて啓太は聞いた。

「言えないっ。あん、すごいっ、政夫さん、啓太のチ×ポがすごいのっ」

スマホは沈黙している。全身を耳にして、新妻の痴態を聞き入っているのだろう。

その間、啓太は恵への愛撫も続けていた。秘所で指をかきまぜると、粘度のある雫が溢れて指から腕まで滴ってくる。

「んんっ、ちゅっ……あふっ……コリコリしてる、美結子の乳首」

恵は美結子の乳房を左右交互に吸っていた。

乳房を責められながら、猛烈な突き上げを食らい、美結子の内股の間はオイルを振りまいたようにぬめり、光っていた。

「あうっ、ま、政夫さん、私こんなにされたら、も、もう……イキそう……」

ズチュズチュヌチュグチュッ！

抜き差しするたびに、あまりに淫らな音が響いていた。女性二人が絡み合う姿、従妹との交合、そして匂いに音――それだけでも興奮は振り切れそうなほどなのに、この痴態を聞いている第三者がいる事実が、啓太をさらに狂わせていた。

「子宮がもう下りてる……俺とヤッて、こんなに感じて、政夫さんのところに戻れるの」

肉ざぶとんのような子宮口を狙って腰をグラインドさせ、従妹を官能の果てに追いつめていく。刺激を与えるだけ与えると――啓太は動きを止めた。

「答えなよ、戻れるのかどうか」

動きを止められ、昇りつめる直前だった美結子が、首を振っていた。

「政夫さんのところに、戻れるから、戻るからぁ……イキたいのっ、動いてっ」

腰を振りながら、美結子が切れぎれの声で叫ぶ。

「だったら、イクところを思いっきり聞かせてから戻りなよ」

啓太はここぞとばかりにラッシュをかけた。

パンパンパンパンパチュッ!

腰と内股がぶつかるたびに、はじけるような音が立つ。

勢いがついているうえに、美結子の濡れが激しいからだろう。

「ああ、もう無理。起きてられないっ」

美結子がベッドの上に横たわってしまった。結合が外れ、亀頭が外気に触れる。温かい場所に己の分身を埋めたい欲求が抑えられない。

啓太は恵の蜜壺から指を抜いて、彼女を美結子の隣に横たえた。

「無理なんて甘えたこと言うなよ。まだイキ足りないんだろ」

美結子の太股を抱え、また貫く。

「ま、政夫さん、イクけど許して……こんなに気持ちいいなんて思わなかったの」

政夫に聞かれていることで、美結子は感度が上がっているようだ。政夫への愛は絶対――だからこそ、乱れるたびに申し訳なさを覚えるのだろう。そしてそれが、夫婦の愛欲を昂らせる媚薬なのだ。

(とんでもない新婚さんだ)

啓太は、新郎新婦の倒錯ぶりに当てられながらも、興奮していた。

「政夫さんより、俺の方が気持ちいいんだ、そうだろ」

啓太は激しく突きながら美結子を言葉で責めた。

「ち、違うのっ。聞かれてるからいいの……あ、あんっ、恵、そこはダメぇ」

美結子の声がひときわ高くなったのは、抜き差しされている蜜穴のすぐ上を恵が舐め始めたからだ。

膣を従兄のペニスで貫かれ、女芯は同性のセフレに舌で愛撫され——新婦は相貌を打ち振りながら、愛欲に身もだえた。

「ひっ、中も、アソコも、ダメっ、もうっ、政夫さん、わたしっ」

美結子の下腹が波打ち、豊乳が上下左右に揺れる。

啓太はここぞとばかりに、Gスポットを狙いすまして抜き差した。

ピチャ……パンパンパンッ！

クンニと性交の音が美結子の秘所から放たれる。興奮した新婦の蜜壺からの愛液で、白いシーツが濡れて灰色になっていく。

「あ、ああっ、もう我慢できないのっ」

膣内の蠕動も、美結子の言葉が本当だと伝えていた。

「ほら、政夫さんに聞かせなよ、従兄のチ×ポでイクところをさ」

啓太がラッシュをかけると、濡れた音が響き渡る。

子宮口は愉悦のためにさらに下りて、亀頭が食い込むほどだ。

子宮を揺さぶるように、啓太はピストンを繰り出した。

「イク、イク、そんなに突かれたら、もう、イクウウッ」

「ほら、誰のチ×ポでイクのか、はっきり言って」

美結子を言葉で責めながら、振幅を大きくする。

啓太と恵の相貌を濡らすほど、結合部から美結子の愛液が飛び散っていた。

「わ、私……従兄の……啓太のチ×ポでイクッ」

美結子がそう言い放つと、恵が女芯に唇を当てて、強く吸引した。

「政夫さん、聞いて、私が従兄のチ×ポでイクところを……あうっ、イクうっ！」

大きくのけぞったあと、糸の切れた人形のようになって、従妹はベッドの上に四肢を投げ出した。目は半開きになっているが、何も見ていない。

満足げな笑みを浮かべた唇の端からは、涎が垂れていた。

「美結子、イキすぎて失神したようです。一度切りますね」

啓太は、スマホの通話を切った。

「恵さん、今度はあなたをゆっくり抱きたいな」

啓太はまだ達していない。ミチミチと青筋を浮かべたペニスは、女体を求めて反り返っている。切っ先が恵の方を向いた。

恵が太股を抱えて、足を開く。

「して……ぐちゃぐちゃにして、美結子みたいに……」

セックスフレンドが乱れる姿を見て、恵の体も燃え上がっていた。

広げられた太股の中央にある淫裂は、男根への期待からか色濃くなり、ヒクついていた。そして、そこからは白濁した本気汁が滴っている。

「美結子のマン汁がついたままのチ×ポで犯すよ」

犯すなんて言葉、いままで使ったことはなかった。

ただ、この異常な状況が新たな自分を呼びさましたのは間違いない。

「犯すなんて……怖いこと言うのね」

そう言いながら、恵は微笑んでいる。

啓太は、秘所の中央に従妹の愛蜜がついた男根を押し当てた。

いとこ同士の交合を視姦して、興奮した淫唇がほころび、啓太を迎え入れた。

「ああ……美結子と啓太さんのセックス、すごかったのね……オチ×ポが熱い」

恵が顎を上向け、喉を晒す。

「恵さんの中も熱いです」

啓太はその喉に唇を落とした。汗で濡れた柔肌に唇を這わせただけで、恵の肌が跳ね、内奥がキュンと締まる。

(俺のキスだけで感じてくれてるんだ……)

粘膜の繋がりだけではない、心での繋がりを感じて、啓太の胸に愛おしさがこみあげる。

「犯して……私のアソコが壊れるくらい、いっぱいして」

恵が啓太を抱き寄せ、キスを交わす。クチュクチュと音を立てながら舌を絡ませ、秘所ではグチョグチョと派手に抜き差しの音を立てる。

「興奮してますね。もしかして、俺が美結子とヤッてるのを見て妬いたんですか」

「い、言わせないで」

啓太の腕の下で、恵が耳を赤くした。これだけ淫らで、どんなプレイもこなす女性でも、言い当てられると照れるらしい。

（嫉妬したんだ。俺のことを思ってくれてるから、嫉妬するんだよな……）

歓喜が心を満たしていく。そして、それが疲れた体のエネルギーとなって肉茎が猛っていく。啓太はベッドに両手をついて、恵の奥深くを連続して穿つ。

あまりに強く突いているので、恵の体が上に移動していくほどだ。

「あふうっ、そこ、そこなのおっ」

恵が顔を左右に振って、声をあげた。丸尻を上下させながら、啓太のペニスを迎えている。恵の締まりがまたキツくなっている。感度が上がっている証《あかし》だ。

「背中がゾクゾクします。締めすぎですよ、恵さん」

啓太の限界も近かった。

「ああん、だって、オチ×チンが跳ねて、私の中で暴れてるんだものっ」

啓太のペニスを迎え入れ、喜びのあまり恵の媚肉は強烈な締め付けを放ってきた。

「おお、おおっ、抜いても入れても最高だ。これじゃ出ちゃいますよっ」

啓太はラッシュをかけた。

ヌチュニュチュグチュ……パンパンパンッ！

激しい音を立てて、若腰と美尻とがぶつかり合う。

「ああイク、イキそう……もう、無理なの。我慢できないのっ」

恵が啓太の首を抱き寄せ、弓なりになる。啓太は恵の胸の間に顔を埋め、顔を振った。頰に硬くなった乳首が当たり、顎が柔肌を撫でる。

思いがけぬ素肌からの快感に、恵の膣奥がギュンと締まった。

「ああん。そこもダメなの、ダメッ……ッ、くううっっ」

恵がのけぞり、硬直する。膣肉の圧搾は堪えられるものではなく——。

「俺もイキますっ、イクッ」

啓太は恵の蜜壺に白い波濤《はとう》をたたきつけた。

「熱いのが来てるっ。ひうっ、イ、イクイクううううっ」

恵が腕の力を抜いた。啓太は恵の隣に横たわった。

「恵さん……まだ足りない……もっとあなたを知りたいし、一緒にいたい」

啓太が恵の指に指を絡ませた。

もう離れたくない。恵とずっとしていたい。ぬくもりを感じていたい。

話したい。何が好きで、何が嫌いか。

嫌なら話さなくてもいい。ぼんやりとただ一緒の時間を過ごしたい。

東京に戻ってからも、ずっと——。

「私も」

恵が啓太の胸に顔を寄せる。

「ねえ、明日、私とフェリーで一緒に帰らない？　一人旅の予定だったけど、ツインルームだから、あなたも乗せられるし……二泊三日だからたっぷり時間はあるわよ」

「もちろん乗ります。でも、美結子が目覚めるその前にまたしませんか」

「すごい……絶倫なの？」

「いろいろ経験したんですよ。それもフェリーで話しますね」

啓太は恵に顔を寄せると——唇を重ねた。

◉新人作品**大募集**◉

マドンナメイト編集部では、意欲あふれる新人作品を常時募集しております。採用された作品は、本人通知のうえ当文庫より出版されることになります。

【応募要項】未発表作品に限る。四〇〇字詰原稿用紙換算で三〇〇枚以上四〇〇枚以内。必ず梗概をお書き添えのうえ、名前・住所・電話番号を明記してお送り下さい。なお、採否にかかわらず原稿は返却いたしません。また、電話でのお問い合せはご遠慮下さい。

【送 付 先】〒一〇一 - 八四〇五 東京都千代田区神田三崎町二 - 一八 - 一一 マドンナ社編集部 新人作品募集係

青春R18きっぷ《せいしゅんあーるじゅうはちきっぷ》 大人の冬休み《おとなのふゆやすみ》 女体めぐりの旅《にょたいめぐりのたび》

二〇二二年 三 月 十 日 初版発行

著者◉津村しおり【つむら・しおり】

発行◉マドンナ社
発売◉二見書房
東京都千代田区神田三崎町二 - 一八 - 一一
電話 〇三 - 三五一五 - 二三一一(代表)
郵便振替 〇〇一七〇 - 四 - 二六三九

印刷◉株式会社堀内印刷所 製本◉株式会社村上製本所 落丁・乱丁本はお取替えいたします。定価は、カバーに表示してあります。

ISBN978-4-576-22021-5 ◉Printed in Japan ◉©S.tsumura 2022

マドンナメイトが楽しめる! マドンナ社 **電子出版** (インターネット)……https://madonna.futami.co.jp/

Madonna Mate